本の小説

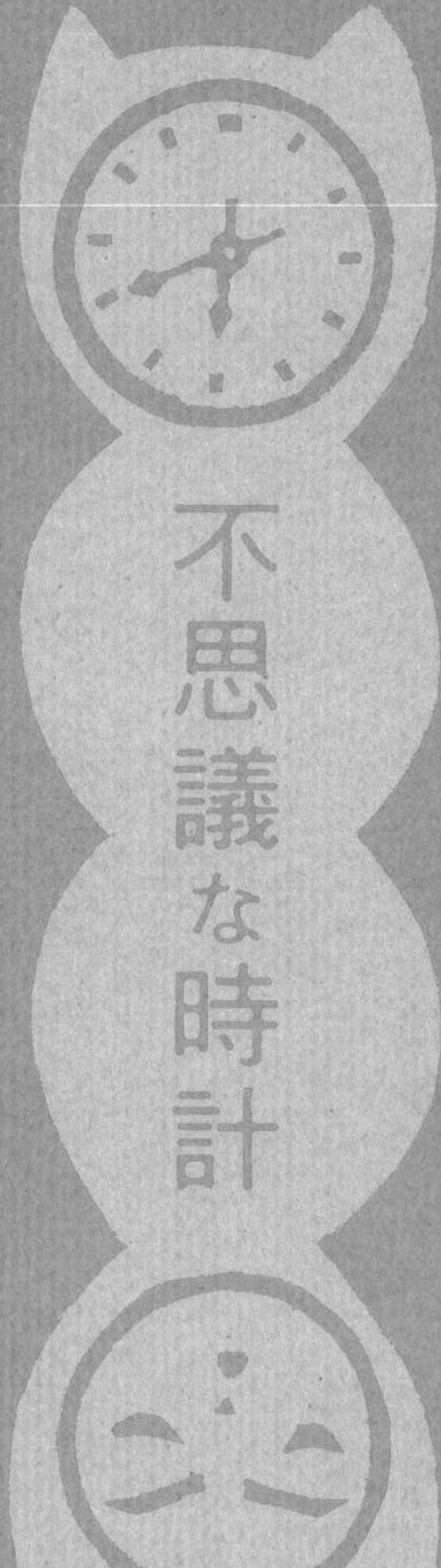

不思議な時計

KAORU KITAMURA

北村薫

新潮社

不思議な時計

本の小説

目次

7 不思議な島

33 島から星へ

55 星からブランデー

73 ブランデーから授業

107 授業から映画

133 映画から手品

163 手品から蜂

185 蜂から時計

215 不思議な時計

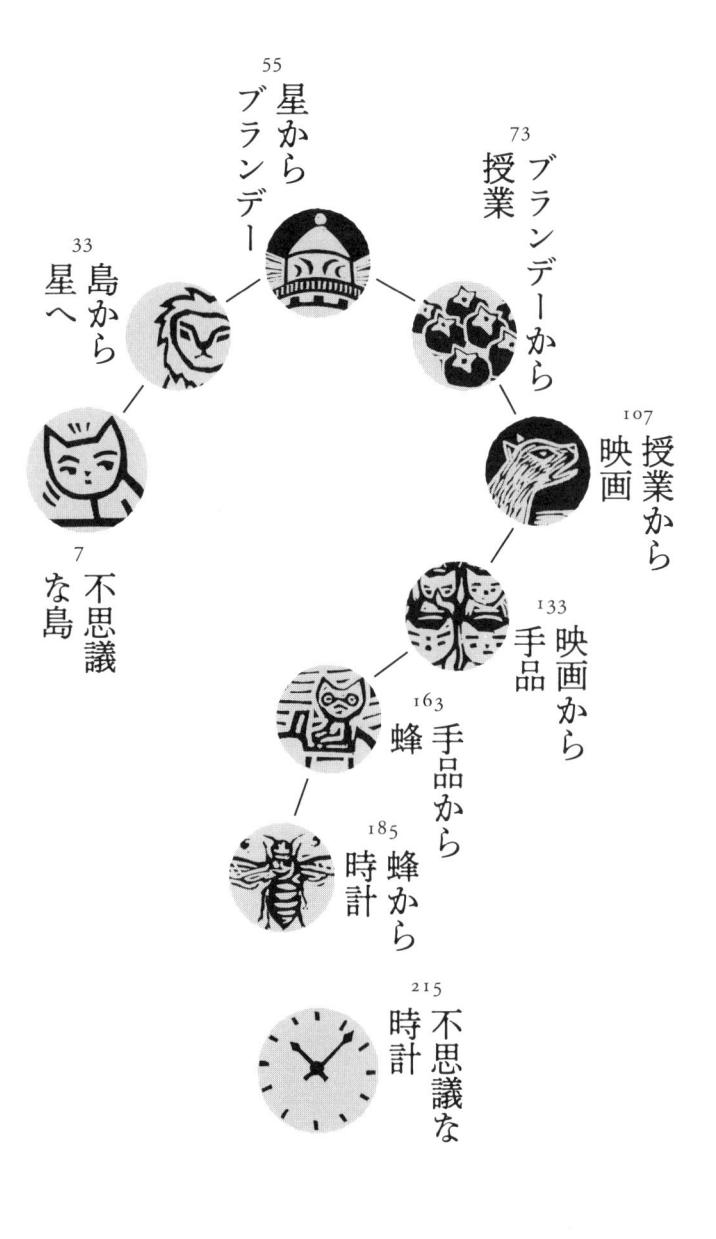

装画・挿画　大野隆司

不思議な時計

本の小説

不思議な島

1

神田神保町といえば、いわずと知れた本の街。しかしながら、店先の平台に並んでいるのは本ばかりではない。サイン色紙や役者の手ぬぐい、こけし、かるたなどまで見かけます。ですから、ＤＶＤの類いがあるのも当然。

映画については詳しくありませんが、ある程度は分かる。ところが、並んだ題名の中に、

――『猟奇島』

『幻の洋画劇場』というシリーズです。

ケースには、白黒の、いかにも古めかしい映画の一場面が印刷されています。壁にかかった巨大な綴れ織りの壁掛けか、あるいは壁画か、その画面上では、美女をかかえた髭面のケンタウロスが何かを叫んでいます。前の階段を、主人公らしい青年が、不安そうに上って行きます。

――何だ、こりゃ？

と、思います。

分からない、は、知りたい、に繋がります。

ケースの裏を返すと、波打ち際と、西洋悪魔めいた顔の男。《探検家の乗った船が座礁して沈没。辿り着いた島には、不気味な男が城を構えて住んでいた》という紹介文。こうなればもう、歓迎され、もてなしてもらい、無事に帰って来ました――とは、ならないでしょうね。

一九三二年、昭和七年のアメリカ映画です。はるかな昔ですね。

江戸《え ど》川乱歩《がわらんぽ》に、ご存じ「パノラマ島奇談」があります。一人の男が思い描き、作りあげた異空間です。《辿り着いた》のは、そんな世界なのか――と思わせます。それにしても、《猟奇》という言葉は、まがまがしい。

小学生の頃、いつも一緒に遊んでいた友達がいます。実は今も、すぐ近くに住んでいてやり取りをしています。

もう建て替えられましたが、半世紀前、彼が住んでいたのは、田舎には珍しい、赤い屋根の家でした。畑の中の一軒家でしたが、今は住宅地の真っ只中になってしまいました。何もかも変わってしまいます。

とにかくそれは、当時としては洒落た家でした。板張りの洋間がありました。書棚には、父上の本が並んでいた。中に『現代獵奇尖端圖鑑』というのがありました。

ぎょっとしましたね。『植物の図鑑』や『動物の図鑑』とはわけが違う。とにかく、《獵奇》の《獵》。この旧字がおそろしい。髭もじゃの狩人のような、大きな活字が、いかにも、子供が見てはいけない本――という感じを与えました。

長いつきあいで、何度も行っている家であり、部屋ですから、どういうはずみにか、中をパラパラ見たことはあります。やはり、いかがわしい感じでした。

後年、神保町を歩くようになると、何度も見かけましたが、幼い頃のタブー感がありますから、買ったりはしませんでした。

猟奇という言葉を知った最初が、多分、それだと思います。

しかしながら、この語も、最初はかなり高踏的なものだったようです。

2

それを知ったのは、高校生の時の愛読書、江戸川乱歩の『探偵小説三十年』によってです。

――『……四十年』じゃないか？

と思われるでしょうが、遠い昔、わたしが神保町で買ったのは、岩谷書店から出た版。現在、普及している『探偵小説四十年』のほぼ前半に当たるものです。

まことに面白く、何度も読み返した本です。

大正十二年、「二銭銅貨」でデビューした乱歩。アマチュアだった彼に、専業作家になることを決意させたもののひとつが、翌十三年『新青年』夏の増刊号に載った、諸家の文章でした。中でも、佐藤春夫《さとうはるお》の書いた「探偵小説小論」の、次の一節は、《永らく私の記憶にとどまるものであつた》といいます。

要するに、探偵小説なるものは、やはり豊富なロマンティシズムという樹の一枝で、猟奇耽異（キュリオシティ・ハンティング）の果実で、多面な詩という宝石の一断面の怪しい光茫で、それは人間に共通な悪に対する妙な讃美、怖いもの見たさの奇異な心理の上に根ざして、一面また明快を愛するという健全な精神にも相結びついて成立つていると言えば大過ないだろう。

まれなるもの、めずらかなものを追い求める狩人の心こそが、猟奇なのですね。古語で《めづらか》といえば、最もポピュラーな例が、高校の古典の授業の『源氏物語』、「桐壺」の巻、幼い光源氏《ひかるげんじ》についての《めづらかなる児《ちご》の御かたちなり》でしょう。どうです、とたんに高踏的になるでしょう。そういう、まれなるものを追うわけですね。

さすがは佐藤春夫、この一節は、人を魅き付けた。乱歩はいいます。

ここに用いられた「猟奇耽異」という言葉は、その出典を知らないけれども、異様に魅力があり、後年横溝《よこみぞ》君など数人の探偵作家が寄り合つた席上「探偵小説」という名称はどうも面白くない、何かこれに代るよい言葉はないだろうかという話が出た時、右の佐藤氏の文章から思いついて「猟奇小説」「耽異小説」などの案が出た。そして、横溝君は自分の作品に「猟奇小説」という肩書きをつけたこともあるが、そんなことから、戦前にも、怪奇異常の小説を一般に「猟奇小説」と呼ぶようになり、新聞記事などにもこの言葉が常用されるに至つた。

ところが――ですね。

戦後の風潮に乗じて、いちはやく「猟奇」という雑誌が出て、世間の話題にのぼつた。アプレ・ゲールの「猟奇」は戦前のそれに比べて、お話にならないほどエゲツナイもので、警視庁でも度々問題にしたようであるが、何度となく経営者が変つたり、編集者が変つたりして、いまだに同じ題名の雑誌を見かけるようである。言語の下降速度というものは恐ろしい。エロスはギリシャの神様から猥褻の形容詞にまで下降し、「貴様」は敬称から侮蔑に下降し、この種の言葉の下降例は算えきれないほどある。「猟奇」も最初の佐藤氏の意味は気品の高いものであつたが、それが三十年ならずして、現在の「猟奇」にまで下落した。

言葉の変遷、下落ということを語って、なるほど――と思わせます。それなら、《猟奇》という語は、斜陽貴族のように、戦後に身を落としたのか。

いえいえ、そうではないのですね。

3

早い話が、あの『現代獵奇尖端圖鑑』。あれが出たのは、昭和六年なのです。
その広告は、かなり扇情的なものでした。どうして分かるか。昔のことを調べる時、基本資料にしているのが、講談社の『昭和　二万日の全記録』ですが、その第二巻に載っているのです。

不景気のただ中にあり、生活苦が世を覆い、満州事変が始まった年です。だからこそ——でしょう。いわゆる《エロ・グロ・ナンセンス時代》になりました。『東京朝日新聞』の四月二十八日朝刊第一面に出された『現代獵奇尖端圖鑑』の広告が、その当時の庶民の嗜好を伝える格好の資料となっています。

猟奇だ！お〻猟奇だ!!
時代の扉を開く合言葉

そして、

本図鑑は、エロ、グロ、ナンセンス、レヴユー、スポーツ等、近代人の感覚をそ〻る尖端的な風景を綜合的に展開した「猟奇」の大絵巻だ。

明らかにこの頃すでに、《猟奇》という語の意味合いは佐藤春夫のいったものとは違って来ていますね。

佐藤の言葉は、大正時代のものですが、戦前の雑誌『獵奇』は、昭和三年から刊行されています。

光文社文庫から出た、ミステリー文学資料館編の『幻の探偵雑誌』シリーズは、まことに貴重なものです。その第六巻が『「獵奇」傑作選』。この雑誌は、夢野久作《ゆめのきゅうさく》の珠玉作「瓶詰の地獄」を掲載したのですから、それだけでも大きな仕事をしたといえるでしょう。

この本は、雑誌の総目次まで巻末に付された資料的価値の高いものです。後代に残すべく作られています。第六巻では、評判だったという『獵奇』のコラムまで収められている。実にありがたい。こういうものをまとめて読める機会など、まずありません。

それを見ると、昭和五年二月号に、こう書かれています。


「猟奇戦」

「猟奇画報」

「猟奇倶楽部」

など・など・など
「猟奇」も偽物がウンと出るほど有名になったのだろうが、それにしても真似る連中の頭の悪い事悪い事。

乱歩のいう通り、佐藤の選んだ言葉には《異様に魅力》があったわけです。次々と模倣雑誌が出た。つまり《猟奇》は、時代を表す流行語になっていったのです。名門誌『新青年』さえ、二月号を《猟奇号》にしたといいます。

翌昭和六年六月号では、《「猟奇」創刊当時は、狩猟の雑誌と間ちがわれたことあり》、ところが今は、《見よ！　今、新聞・雑誌に「猟奇」の文字現われざるはなし！》という勢いです。

あれほど本格文芸線をたどって来た新潮社までが、猟奇陣に白旗を掲げて、「近代《ママ》猟奇尖端図鑑」をものす。

そう、先程から話に出ているこの図鑑の出版元は、意外なことに——新潮社なのです。売れたわけでしょう。

そういう頃、アメリカで作られた映画が、日本にやって来た。邦題は、何にしよう。そこで、つけられたのが『猟奇島』だったわけです。

4

言葉の意味の変遷ということで、担当さんにも《猟奇》という語から受けるイメージを聞いてみました。

多摩川べりをウォーキング中で、お休みの所、まことに申し訳なかったのですが、晴れ渡った風景や、途中、旦那様と一緒に飲むクラフトビールの画像などと共に、お返事をいただきました。

旦那様に、連想ゲーム形式で、

——猟奇。

と、聞いたら、

——殺人。

山のこだまのうれしさよ、です。担当さんご自身も、殺人だそうです。気が合います。

——なるほど、猟奇殺人夫婦ですね。

《びっくり》のスタンプが返ってきました。それにしても、画像のビールがおいしそうだった。何とも、うらやましい。

担当さんは無論、わたしよりずっとお若いのですが、

——二十代の方に聞いたら、どうなるだろう？

と思いました。そこで他社ですが、わたしの一番若い担当さんに、聞いてみました。

大学を出たばかりという方です。すると、聞いたことはあるが、使ったことはなく、すぐ犯罪を連想することはない。では、真っ先に浮かぶのは何か——といえば、韓国映画『猟奇的な彼女』だそうです。

——それが一番、身近な使われ方だったと思います。狂的で突飛、異常なものや人に使うと

いうイメージです。

思わぬところを突かれました。『猟奇的な彼女』は、本来の意味と違う使い方をしたところが面白く、番外、別物という感じでした。とんでもなくエキセントリック——そんな意味合いでした。しかし、若い人の意識には、そちらの方が染み込んでいる。

さらに続けて、

——同い年の友人に聞いたところ、「やばい」というイメージがあるそうです。

なるほど、言葉の意味は変わっていく。面白かったので、友人に伝えたら、

——そうだね。『猟奇的な彼女』の《猟奇的》は、人と変わって魅力的——という感じになっているね。

そこで、翻然と悟りましたね。現代において《猟奇》を《やばい》というのは名訳ではないか。なぜかといえば、若い人は、おいしいスイーツを食べて、思わず、

——やばい！

と、いったりするではありませんか。

とにかく、《猟奇》という語に対して、わたしの感じる《いかがわしい、まがまがしい》、担当さんの《殺人》に対し、（魅力的という思いも含めて）《やばい》——いや、《ヤバイ》とカタカナで書いた方が正確かも知れません——という答えには、

——言葉も随分と、長い旅をして来たものだなあ。

という思いになります。

5

さて、不思議なDVDを買い、

――こんなの、ご存じですか？

と、何でも知っている戸川安宣《とがわやすのぶ》さんにメールしてみました。すると、たちまち、

その映画はぼくも観ました。原作はクイーンの『101年の傑作選』に収録されています。


これはねえ、わたしが無知なのではない。観ている方が異常ですよ。

しかし、エラリー・クイーンのアンソロジーに採られているなら、元になった作品は、古典的名作といっていいでしょう。

あらためて原題を見て、驚きました。『THE MOST DANGEROUS GAME』と書いてある。

――何だ、『もっとも危険なゲーム』かよ！

びっくりです。昔から、なじみのある題名です。イギリスの著名な作家、ギャビン・ライアルの、『深夜プラス1』と並ぶ代表作。舞台は、フィンランド奥地。何十年ぶりかで、ハヤカワ・ポケット・ミステリ版を書棚から抜き出して来ました。裏表紙の紹介文を読むと、記憶が

よみがえって来ます。主人公は大金持ちの狩猟家に発砲される。男は、《すでに動物にあき、人間を最後の獲物として狙ってきたのだ》。

しかし、これが『ヤバイ島』、いや『猟奇島』の原作であるはずはない。時代が違う。一九六〇年代の作なのです。『猟奇島』より、はるかに新しい。何より、アンソロジーに採られるような短編ではありません。長編小説なのです。

となれば、ライアルは、周知の古典的名作に敬意を表し、わざわざ、この題名をつけた——そういうことになります。つまり、『吾輩は猫である』という題で、同趣向の新作を書くようなものです。古典に対してなら、オマージュになる。こちらは、その有名な原典を知らなかった。

古い映画について調べるなら、双葉十三郎《ふたばじゅうざぶろう》の『西洋シネマ大系　ぼくの採点表　別巻（戦前篇）』（トパーズプレス）を開くことになります。

要を得た説明が書かれています。この作品は、リチャード・コネルという作家の短編の映画化。カリブ海の孤島で引退生活を送る《ロシアの狩猟狂ザロフ伯爵》は、遭難者にゲームを挑む。

そのゲームはいわゆる〈人間狩り〉で、日の出とともに彼らに逃亡を開始させ、数時間おいて追跡をはじめ、翌日の日の出までに殺されなかった者は釈放するというのである。（中略）この〈人間狩り〉テーマは今日でこそ陳腐になってしまったが、当時は眼新しく相当ハラハラさせられたものである。

ＤＶＤを再生すると、その通りの話でした。そして、

――これは、観たぞ。

と思わせられます。

何年か前、確かにＷＯＷＯＷでやっていました。無論、カラーの新しい作品。これのリメイクだったわけです。再映画化されるような、有名作品だったのですね。

双葉が、《今日でこそ陳腐になってしまった》という通り、もう何人もが、さまざまな形で取り組んでいるテーマです。珍しくない。日本ですぐ頭に浮かぶのは、筒井《つつい》康隆《やすたか》の戯曲です。

それらの水源となったのが、このリチャード・コネルの作品なのですね。

6

当然、元の短編が気になります。

書庫に入り、クイーンという名前を手掛かりに探すと、ありました、ありました。

光文社のカッパ・ノベルスから出た『世界傑作推理12選＆ＯＮＥ』。これが、エラリー・クイーン編で、目次に「世にも危険なゲーム」という題名を見つけました。読んでいなかった。新庄哲夫《しんじょうてつお》訳となっています。

「ずっと右かたに――どのへんだか――大きな島があるんだ」と、ホイットニーが言った。

「ちょっと怪談じみていてね――」

と始まります。悠揚迫らぬ筆さばきで進められ、深刻すぎるタッチにならない。だからこそ奇妙な味わいが増す。なるほど、古典的名品といっていいでしょう。

作者紹介は、なぜかリチャード・コンルとなっています。

（一八九三―一九四九年、Richard Connell）

米国の短編作家。ニューヨーク州の出身、ハーバード大学を出たのち、「ニューヨーク・アメリカン」のレポーターとなり、やがて、コピー・ライターに転じた。第一次大戦に出征、復員してからフリーのライターとなる。一九二五年、ハリウッドに移り、脚本を書きはじめる。また映画の仕事をしながら、三百編以上の短編を残したのである。

そのほとんどはユーモア物で、ミステリー物はサスペンス・フィクションの古典的な傑作といわれる『世にも危険なゲーム』、本格的な探偵小説『海上殺人事件』（一九二九年）の二編しか書いていない。

なるほど――と思います。ミステリ作家ではないから、その方面の事典にも出て来ないのですね。

編者クイーンのコメントも載っていますが、しかし、こちらは、首をかしげざるを得ないものでした。

大物撃ちという新しい種類の狩猟は、また新しい種類の犯罪をもつくりだす。

フランク・キャプラ監督の『ジョン某に会おう』(訳注・一九四一年製作、邦題『群衆』)という映画は、この短編に着想をえてつくられた。

エラリー・クイーン

――そんな馬鹿な！

と、叫んでしまいますよね。だって、そうでしょう。《孤島》と《群衆》では、水と油もいいところです。『スミス都へ行く』『素晴らしき哉、人生！』で、人間への信頼をうたいあげたフランク・キャプラと、人間狩りでは、これまた水と油。

――一体、どうなっているの？

と、首をかしげざるを得ない。

おかげで、ことは新しい段階へと進みました。

とりあえず、映画好きの友人に、

フランク・キャプラの『群衆』、観てる？

とメールしてみました。

チャンスがなくて観てない。これが、キャプラのベスト、という人がいる。

との返事。

いいですねえ。映画史上の有名作品でした。そして実は、わたしも観ていないのですが――持っているんですよ。

どういうことかというと、十年ばかり前、『淀川長治《よどがわながはる》　映画の世界　名作ＤＶＤコレクション』（東京ニュース通信社）というのが売り出されました。淀川さんの解説入りでおすすめ名作が八十作揃う。隔週発売の廉価版。

古典は、いつどこで必要になるか分からない。人がよって立つのは古典名作です。

――買っておかないと。

と、思いましたね……廉価版でしたから。その九巻が『素晴らしき哉、人生！』と『群衆』なのですよ。

前者は、時にＮＨＫでやったりしますが、『群衆』の方は、あまり観る機会がないと思います。まさに、

——持っててよかった。

7

で、ここで話は『猟奇島』とは別の、一冊の本に繋がる。こういうことを、わたしは、とても面白いと思うのです。

『三分間の詐欺師　予告篇人生』（パンドラ発行、現代書館発売）という本があります。著者の佐々木《ささき》徹雄《てつお》は、題名で分かる通り、予告編制作者です。それにしても、《三分間の詐欺師》とは、実にお見事。

夜目遠目笠の内——という言葉があります。ちらりと見えた女性は美女に思える——というわけです。映画の予告編にも、そういったところがありますね。いや、お客の足を映画館に向けさせるのが役目ですから、そうでなければいけない。嘘も方便。

映画の本は色々出ていますが、予告編作りについてのそれは珍しい。そこにいたる、佐々木の生い立ちだけでも引き付けられます。遠い昔が生き生きと語られているのです。

戦前、映画好きだった父親に連れられ、幼い頃から、銀幕のドラマに胸をおどらせていた。テレビなど夢のまた夢の時代です。動く映像に魅せられたのです。映画マニアの家らしく、玩具の映写機がありました。フィルムはデパートで売っていた。綺麗な缶に入った、本物の映画と同じ三十五ミリのフィルムだったそうです。

昔の映画フィルムは熱に弱く、回転が止まると、焼けただれてしまいました。江戸川乱歩の『暗黒星』は、家庭における十六ミリフィルム映写会から始まります。映写機の動きが止まると画面が醜く溶け出す……という、まことに印象的な出だしです。

佐々木が楽しんでいた玩具の映写機は、事故が起きないよう、光源の熱を弱くし、燃えないようにしてあったそうです。子供が扱うものなら、当然の配慮でしょう。そのかわり画面は暗かった。こういうことは、経験者でないと分からない。貴重な証言ですね。

『暗黒星』の方は、皆で見る、より本格的な機械だったから、そうなったわけです。江戸川乱歩は、趣味で十六ミリの撮影もやっていましたから、こちらも実体験でしょう。

それはともかく、佐々木は映画が好きで好きでたまらない少年に育ちました。スチール写真を集め、映画会社への出入りも始めました。魚は水の中でしか生きられない。次第に、その世界に入って行きました。

映画字幕の特殊な書体を覚え、日常の文章にもそれを使っていた。お見合いの履歴書まで、それで書いたので、奥さんは、最初、

——変わった字を書く人だ。

と、驚いたといいます。いい話ですねえ、好きになるとは、そういうことです。

映画と共に生きた淀川長治や、ポスターの神様野口久光《のぐちひさみつ》などが、次々と登場します。触れていたら、きりがありません。

紆余曲折の末、戦後、佐々木は予告編を作るようになりました。第一作が、ジュリアン・デ

ュヴィヴィエの『モンパルナスの夜』。原作はシムノンの『男の首』ですね。失敗したといいます。何本か意に満たぬものを作った経験が生き、やがて《自分でもよくできた》と思える予告編ができました。

名匠の大作なので、会社も力を入れていたその映画こそ、キャプラの――『群衆』だったのです。

8

予告編は、作り手が選んだ映像に文字が乗り、音楽が流れます。コンテによれば、まず、《フランク・キャプラ・プロ作品　群衆　〝MEET　JOHN　DOE〟予告篇》《アメリカ国民が　最大の　感激を得た　空前の名画》。続いて、

ジョン・ドウ君の

という文字が、くるりと返り、

初登場！

ここでゲイリー・クーパーの姿が現れるのでしょう。《往年の名画》《「オペラハット」「或る夜の出来事」》《を凌ぐ—》《大作!!》という文字が次々に現れ、《アメリカ映画の黄金コンビ》となり、

フランク・キャプラが監督し
ロバート・リスキンが脚色した

という文字が浮かんできます。

『名作DVDコレクション』の解説で、岡田喜一郎は、キャプラの巧さは勿論だが、リスキンの脚本の見事さを忘れてはならないといいます。

リスキンは『一日だけの淑女』(一九三三)、『或る夜の出来事』(一九三四)などキャプラとコンビを組んで傑作を世に送り出した。着想のユニークさ、意外性のあるストーリー展開、心理描写など、観客の心を見事にとらえている。

とかく映画は監督本位の傾向があるが、脚本はその映画の屋台骨。ここに注目してご覧になれば、映画の良さがさらに倍増するにちがいない。

佐々木のこの予告編は、まさに、

――分かってる！

ものだったのです。

ＤＶＤ『群衆』前振りの解説で淀川は、あらすじをしゃべるしゃべる――最後まで突き進むのでは――と心配になるほどです。面白くてたまらないのですね。

不況で解雇されることになった女性記者が――という、時代を描く必然の出だしから始まり、話は、あれよあれよと転がっていきます。和田誠《わだまこと》の『お楽しみはこれからだ　ＰＡＲＴ６』でも『群衆』の筋は、かなり語られています。話したくなる映画なのですね。この機会に観たわたしも、当然、しゃべりたくなりましたが、まあ、触れないでおきましょう。

お楽しみは作品の中に――です。

良心、誠実、善意を信じるフランク・キャプラ作品は、甘すぎるともいわれました。

かつて『愛は勝つ』という歌がヒットした時、そんなわけないだろう――と真顔でいう人がいて首をかしげたものです。それは誰でも知っていることです。いうまでもない。その前提があるからこそ、歌うわけです。

淀川長治は、わたしは嫌いな人に会ったことがない――といいました。ところが、いや、淀川さんは誰々が嫌いだった、という人がいてあきれたものです。人間なら、嫌いな人がいるのは当たり前。それもまた、いうまでもないことです。だからこその言葉なのですね。そんなことは分かりきっています。

そういう中で、双葉十三郎は、『ぼくの採点表Ｉ』の中で『群衆』について、久しぶりのキャプラ・タッチに酔える作品だが、酔う以上に考えるべきいろいろな問題を含んでいる。

と、いいます。扇動された群衆はたやすく、良心、誠実、善意を踏みにじる。その危険性が描かれているのです。夢だけではない。

そんなことも考え合せれば、この映画は「オペラ・ハット」「スミス都へ行く」のキャプラが、ゆきつくところまでゆきついた作品であると云っていいように思う。

これがキャプラのベストという人がいる——というのはそういうわけで、なのですね。

9

病院に行く都合があり、しばらくぶりで東京に出ました。この機会に、資料のあれこれを渡しつつ、担当さんと情報交換をすることにしました。

早稲田にある、ホテルのロビーでお会いしました。椅子に横並びになります。DVDを手にした担当さんは、

「……でも、『群衆』と『猟奇島』では、全く違いますね」

「それはそうです。だから、『群衆』は《この短編に着想をえてつくられた》というのは、誤訳だと思います」

首をひねる担当さん。

「どういうことです？」

「アメリカ人であり、キャプラと同時代に生きたクイーンが、話題作の内容を知らなかったとは考えられない。第一、知らなかったら、コメントできないでしょう」

「はい」

「そこでね、『群衆』の原作を見ると、――リチャード・コネルとロバート・プレスネルとなっているのです」

「ああ……」

花が開くように、謎が解けていきます。

「おそらくクイーンは、――あの有名な映画『群衆』もまた、コネルの原作を元にしている、と書いたのではないか」

担当さんは、何度も頷き、

「それなら、筋は通りますね」

何だろうと思ったことに、答えが出るのはうれしいものです。担当さんは、

「……それにしても、『猟奇島』というのは凄い題ですね。現代では、何でも横文字のまま公

開されてしまう。今なら『ザ・モスト・デンジャラス・ゲーム』になるところですね」

「そうそう。それに比べると、戦前は、やりたい放題ともいえますが、面白いことは面白い。よくいえば、味がある。――サマセット・モームの代表作に、大長編『人間の絆』というのがありますね」

最近また、新しい題での新訳も出たようだ。

「はい」

「これが、すでに戦前に映画化されているのです。『風と共に去りぬ』で南部の貴公子アシュレー・ウィルクスを演じたレスリー・ハワードと、名女優ベティ・デイヴィスの共演。演技派ベティ・デイヴィスが名声を確立した映画だそうです。で、これが、昭和十年に日本で公開されている。――その時のタイトルが凄いですよ。日本の、有名文学作品の題をそのまま、いただいている。――何だと思います？」

「『人間の絆』ですか。それなら……『こころ』とか」

脇の喫茶室の、広い窓から、明るい五月の光がさしていました。

「いやいや。内容はまあ、ごく荒っぽくいうと、無軌道な女に翻弄される男の話です」

「うーん。見当もつきませんねえ」

お茶でも飲みましょうか、と立ち上がりながら、答えを出しました。

「『痴人の愛』――ですよ」

島から星へ

1

サマセット・モームの代表作のひとつ『人間の絆』は、日本の年号でいえば昭和九年、アメリカで映画化されました。翌十年に日本で公開されています。

戦後日本では、一時、全国の書店で見かけたモームです。しかし、その時点では、

——誰、それ？

という作家だった。嘘のようでしょう？

しかし、中野《なかの》好夫《よしお》の訳した「雨」を収めた短編集が、昭和十五年、岩波文庫から出て話題になるまでは——中野の言葉を借りれば——モームは、《日本の一般読書界では、まったくの無名作家といってよかった（「翻訳雑話」）》のです。

公開しようという映画の原作『人間の絆』など、当然、誰も知らない。そこで、

——邦題をどうしようか。

となった。大問題です。客を呼べるかどうかが、かかっている。結局、映画会社は、当時、話題性のあった日本人作家の作品名を流用しました。谷崎潤一郎《たにざきじゅんいちろう》の『痴人の愛』です。今なら

抗議される。しかし、昔はそれが通った。

文学全集華やかなりし時代に育ったわたしからすると、世界文学全集に入っている『人間の絆』があちらで映画化され、海を渡って来ると、日本文学全集に入っている『痴人の愛』になる――というのが、何というか、風景でいえばまことに不思議な眺めに見えるわけです。

そんなことをいうと、

――アメリカ映画の『痴人の愛』なんて、よく知ってるな。

と思うでしょう。

知ってるだけではない。何と観ていますよ。種を明かせば何でもない。前章でご紹介した『淀川長治　映画の世界　名作ＤＶＤコレクション』を、わたしは毎号買っていました。資料的価値があると思ったのですね。

『痴人の愛』は、その二十一巻に入っているのです。長らく観ずにしまってあった。

ところがですね、何がきっかけになるか分からない。たまたま買ったＤＶＤ『幻の洋画劇場』の『猟奇島』、それに入っていたパンフレットの作品紹介に、この『痴人の愛』があったのですね。

正直、

――何だ、こりゃ？

と、思いました。おかげで観ることになりましたよ。名女優ベティ・デイヴィスが汚れ役に挑み、演技派の名声を確立した作品とのことでしたが、納得しました。

それにしても『猟奇島』といい、『痴人の愛』といい、戦前の映画会社の命名センスは、現代から遠く眺めると、よしあしは別として実に懐かしい。

原題そのままの作品が並ぶ今、時にはこれぐらいのわざを見せてほしいな、とも思います。

2

ともあれ、絶海の孤島というのは、さまざまな物語の舞台になる。『猟奇島』に限らない。映画に限っても、たまたまWOWOWで観た『バニシング』を思い出します。二〇一八年のイギリス映画でした。何の予備知識もなしにチャンネルを合わせました。すると冒頭に字幕。

スコットランド沖の孤島から
三人の灯台守が忽然と消えた
〝フラナン諸島の謎〟として
世に知られる事件だ

知らなかった。

最近話題になった『ライトハウス』というのも、離れ島から灯台守が消える映画でした。おそらくは、この出来事が種になっているのでしょう。

海で人が消えるなら、古典的なのはメアリー・セレスト号事件。『横溝正史《せいし》が選ぶ日本の名探偵』（河出文庫）という二冊本の素晴らしいアンソロジーが出ましたが、作品選択と解説に見事な手腕を見せているのが、新保《しんぽ》博久《ひろひさ》氏。

その『戦前ミステリー篇』の方に収められた、久生十蘭《ひさおじゅうらん》「遠島船」は、この事件を踏まえています。氏は、その解説を《メアリー・セレスト号とは何か、「ご存じないようだったら、失礼ながら、あなたは推理小説ファンを任ずる資格はない」（都筑道夫《つづきみちお》『死体を無事に消すまで』昭和四十八年、晶文社）というほど有名だったものだ》と始めます。そして、《常識の基準は時代によって変わるので、現在たいていの読者がご存じだとは限らない》と受け、これ以上ないほど細かくもまた創意に満ちた説明と、さらに推理が、三ページにもわたって展開されます。

いやあ、素晴らしい。さすがは《教授》と呼ばれる新保さんです。

さて、——要するに、かつて船から人が消えた有名な事件があり、それが「遠島船」などの物語を生んで来ました。

同様に、消えた灯台守の事件が『バニシング』や『ライトハウス』になったのでしょう。わけの分からないこと、説明のつかないことは、人を引き付けるものです。

ところで映画『バニシング』には、中心となる人間消失の問題以上に、そういう感情を抑え難くなるところがありました。

灯台守のいる島に、ボートが漂着する。崖の上から見ると、漕ぎ手はすでに死んでいるようだ。その脇に、後生大事に持って来た木箱がある。我々の知っているものに譬えるなら、顕微鏡を入れる箱を大きくしたような感じです。

——あれは何だろう？

崖からロープを垂らし、一番若い灯台守が降りていく。ロープに箱を縛り付け、引き上げる作業を始める。

その時、死んだとばかり思っていた男が、いきなり後ろから襲いかかって来るのです。蘇生したのですね。ここが、とても怖い。崖の上の二人は、ただ見ているしかない。

揉み合いになり、命の危険を感じた若者は必死で石をつかみ、男を殺してしまう。

夜。

暗澹たる気分の三人。問題の木箱が置いてある。男が、あんなにまで必死に守ろうとした中身は何なのだろう。

しかし、年かさの灯台守がいいます。

——見るもんじゃない。

箱のアップ。

これは気になりますね。ならない人がいたら、お目にかかりたい。

で、わたしは、

——ここで終わっていれば、傑作だな。

と、思いました。この圧倒的な不可思議感に見合うだけの解決など、思いつかない——というより、あり得ないからです。

何か想像もつかないようなことが、この箱を元にして起こり、三人は消息を絶った。そうするしかない、と思ったのです。

3

編集者の方々と会う機会があったものですから、ここまでの設定を話し、

「開けたら、何だったらいいと思いますか」

日頃、物語と接している皆さんです。どんな答えが出て来るでしょう。

「……宝の地図とか」

現実的ではありますが、話としては平凡です。お若い方が、

「バイオ研究所の新種生物とか」

急にSFになりますね。開けたら襲って来るわけでしょうか。それで、三人がいなくなる。

別の女史が、

「愛した人の白骨死体」

「白骨なのに、誰だか分かるの？」

「着てるもので」

「ドラマチックだけど、謎の男が、何でそんなもの孤島まで運んでたわけ？」

「……まあ、そこにドラマがあるわけです」

箱の大体の大きさを、手で示しました。身体までは入らない。

「じゃあ、——首ですね」

「誰の？」

「若者が、こっそり開けたら、——自分の生首が入っている」

「そりゃあ怖い」

怪談には、自分と出会う——というパターンがあります。ドッペルゲンガー——分身を見ることには、異様な怖さがあります。

意見が出尽くしたところで、映画のそれからの展開を話しました。

箱の中身は、最もありきたりのものでした。現実的には、そうなるしかない。しかし、こうだったらつまらないなあ——と思った方向に進むのでは、もはや覚めた夢のようなものです。開ける前の箱の持つ、不思議な味わいを返してほしくなりました。

ここであらためて思うのは、説明されなければ、それは大きな広がりを持つということです。『桂文珍《かつらぶんちん》の演芸図鑑』というテレビ番組に、清水《しみず》ミチコがゲストとして登場しました。清水が『夢で逢えたら』という番組に出ていた時のことになります。《そうしたら、久しぶりに永六輔《えいろくすけ》さんから、お葉書をいただいたんですけれど》、

『夢で逢えたら』見たけれど。

《で終わっていて、すごい気になる》。文珍は手を拍《う》ち、足を鳴らして大喜び。

《らしいですよね》。

後は、自分で答えを出しなさい——というわけです。これは心に残る。長く、考えることになります。

4

同じように、

——途中で終わっていたら傑作だったなあ。

と、思った映画があります。

これもＷＯＷＯＷで、たまたま観たものです。『バニシング』と同じく、やはり二〇一八年の作品。『美しすぎる裸婦』。ロシアの映画で、まず《ウラジミール・アレニコフの小説に基づく》と出て来ました。知らない名前でした。

湖のある街が映り、そして男の部屋。男は引き出しを開ける。中に拳銃。これは驚かない。日常ではなく映画です。おなじみの小道具でしかない。しかし、続く引き出しにあるのは、各種の付け髭、眼鏡。そして脇に並ぶのは鬘《かつら》。変装用でしょう。

——スパイか、犯罪者？

と思いますが、男の行動は全く予想外のものでした。

髭を付け、黒眼鏡をかけ、鬘をかぶった男は、展覧会に向かうのです。男は写真家で、しかも一流といっていい、確固たる評価を得ているらしい。向かうのは、自分の個展。そこに、目立たぬおじいさんとして潜り込む。作品を観る男女が、いいたいことをいっています。散々です。

——期待はずれだ、マンネリだ、時代遅れだ、同じような構図ばかりだ！

わたしはここで、自分では観ていない、ある映画を思い出しました。『生きてゐるモレア』。『——ゐる』というところで、古さが分かります。淀川長治・蓮實《はすみ》重彦《しげひこ》・山田《やまだ》宏一《こういち》の鼎談集『映画千夜一夜』（中央公論社）に出て来ます。淀川が《さあ、ここからが本題（笑）。二人が、「ああ、それはね」なんて言われたら、きょうのたのしみなくなる（笑）》と嬉しそうにいう映画です。

主演がノエル・カワード。作家、脚本家としても一流の人です。しかし、この作品では《シナリオに一切手つけてないのよ》。

演じるモレアは、出版社の若社長。傲慢無礼。皆、彼にぺこぺこしている。本を出してほしい、若い女の詩人にも《おれの言うこと聞いたら出版してやる》なんていう。さまざまな方面に才能のきらめきを見せ、時代の寵児だったカワードが、この役を演じるから面白い。

そのモレアが自家用飛行機でバミューダに向かう途中、飛行機が落ち、死体が海に浮かぶ。

ニューヨークでは、モレアが死んだということで、パーティーが始まってるの。「うるさいのが死んだね」って。モレアは幽霊になってそこに来てるの。部屋のすみに立ってるの。誰にも見えないのね。そしてみんなの言ってることを聞くの。あっちでもこっちでも、モレアは血も涙もない冷酷な人間や言ってるの。いまはもうモレアは、誰かに愛情持ちたいけど、みんなににくまれてることを知って、モレアが昼夜とおしてニューヨークをさまようとこがすごいのね。

まさに、すごいですね。脚本はベン・ヘクトとチャールズ・マッカーサー。

演劇雑誌の口絵に出てくるような、本当の人物、たとえばアレクサンダー・ウォルコットが出てくるの。「あらッ、そうだ」思ってると、こんどホープ・ウィリアムズって、当時のフラッパーでニューヨークの舞台の有名な女優が出てきたりする。そういう人たちがノエル・カワードをくさすとこがいいのよね。アレクサンダー・ウォルコットが「あの野郎、鼻持ならねぇ」とか言うでしょう。それがプライベートにひっかかってくるのよね。しゃれになってるの。たとえば芥川龍之介《あくたがわりゅうのすけ》が「菊池寛《きくちかん》って馬鹿だ」なんて言うようなもんなのね(笑)。ガヤガヤ、ガヤガヤしてるニューヨークの出版社の雰囲気もいいのよ。『ニューヨーク・タイムズ』の溜まり場みたいな雰囲気が、とってもよく出てるの。そこへ幽霊がいって、みんなが自分の悪口言うの見るとこがすごいのよ。いままで威張っとったのにね、こんなに誰にも愛されてなかったかいうのを見せられるとこね。傑作でしたよ。

一九三五年のパラマウント映画。ニューヨーク、アストリア・スタジオの作品だったそうです。

さて、モレアは死んでいますが、『美しすぎる裸婦』の主人公は、生きていてそれを聞くのです。まさに、奇妙な味。わざわざ、そんなことをする異様さ。

5

彼はうちひしがれ、外に出ます。体の具合の悪い老人かと思われ、親切な人から、いたわりの声をかけられます。

ひと休みして気を取り直し、変装を解き、会場に向かいます。

彼の姿を見た客たちが、わっと寄って来ます。

先ほどとは打って変わった、絶賛の嵐。侮蔑の言葉を吐いていた者たちが、満面の笑みをたたえ、巨匠の作品の素晴らしさを、口々に褒めたたえます。

その時、群れをなし声をあげる人々の肩越しに、黙ってじっと壁の作品と向かい合う、若い女性の後ろ姿が見えるのです。

後で分かりますが、彼女は耳と口が不自由だったのです。わたしはここで、この映画は、

——表現と理解に関する作品なのだ。

と、思いました。

——彼女は即ち、俗衆の罵りや賞賛に惑わされることなく作品の前に立つ、純粋な鑑賞者である。映画は、この場面を起点とし、人が表現するということ、そして表現に向かい合うということについて、語られる。

そう思ったのです。

まことに珍しい映画だと、大いに期待しました。

ところが続く物語は、小説としてはジョン・ファウルズの、そして映画としてはウィリアム・ワイラー監督がそれを映画化した、『コレクター』のような展開になっていきます。男は、彼女を監禁するのです。そこに何らかの象徴性は、勿論あるのでしょう。しかし、わたしが予感した面白さに迫るものには、到底なりませんでした。

——男が彼女を知ったところで終わっていれば、素晴らしかったのになあ。

切実に、そう思いました。

6

そこで頭に浮かんだのが、意外な名前でした。——庄野潤三《しょうのじゅんぞう》です。

波瀾万丈の物語作りはしない。我々の生活と地続きのところにある、日常を描き、読者に支持されて来ました。

短編の名手として知られる永井《ながい》龍男《たつお》に『雑文集　ネクタイの幅』（講談社）という本がありま す。その中に「心の用意　庄野潤三について」という一文が収められています。

庄野が作品集を出すことになり、出版社に校正に出向く。

朝からおみえになって、一室で校正をなさっているうち正午近くなりましたので、お昼食はなにを取りましょうとおたずねすると、弁当を持ってきているので、お茶だけもらうということでした。

話というのは、たったそれだけのことだが、私には感銘があった。いい話だと思って、いまだにおぼえているのだが、私だけでなく、その出版社の人も庄野氏の気風を伝えるのにふさわしいと思って、そんなさりげない話をしてくれたに違いない。私はこの出版社の人にも好感を持った。

出版社の一室に籠って、校正に根を詰める庄野氏。みだりに供応をうけたり、人手をわずらわすことを避ける庄野氏。そうしてまた持参の弁当は、奥さんの心をこめたものであること。

庄野作品の一節を、そのまま見るようです。《たったそれだけのこと》。それが、小説の名手、永井龍男の胸をうったのです。

弁当のことまで想像したのは、庄野氏の作品にはいろいろ食べものの挿話が出てくるが、特にいつか、これは「群像」にのった作品と記憶するが、友人に逢いに行く主人公のために、その奥さんがお寿司を作る、主人公はそれを持って友人に逢い、どこかの食堂で手作りのお寿司をひろげる細かい心遣いを記した作品があったと思う、題も作品の細部もおぼろになったが、そういう記憶の下敷が、庄野氏のその日の弁当の中身までたのしく私の心に浮んできた訳である。

庄野の名短編のひとつ、「秋風と二人の男」でしょう。そういう話だったな——と思い、読み返してみました。すると実は、《友人に逢いに行く主人公のために、その奥さんがお寿司を作る》のではなく、《主人公はそれを持って友人に逢い、どこかの食堂で手作りのお寿司をひろげる》わけでもないのに驚きました。しかし、本を閉じてみれば、確かにそういう記憶の残る作品です。

この感じこそ、まさに庄野潤三の世界に漂うものです。

7

さて『コレクター』から、庄野に繋がったのは、作家、評論家である虫明亜呂無《むしあけあろむ》の『時さえ忘れて』（ちくま文庫）の記憶からです。

玉木《たまき》正之《まさゆき》編になるこの本の中に、「芝生の上のレモン　サッカーについて」という文章があります。

『コレクター』（ウィリアム・ワイラー監督）という映画の主人公は、サッカーくじに当たって、田舎の古風な屋敷を買いきり、そこで、蝶の採集生活をおくりはじめる。

蝶の採集は昔からの彼の趣味、というよりもう趣味をとおりこした、なにか生きる欲望のモチーフみたいなもので、彼は貧しい銀行員生活をしているときにも、田野で蝶を追うことだけに情熱をもやした。

原作も映画も、六十年近く前の話題作です。主演の二人、サマンサ・エッガーとテレンス・スタンプは、カンヌ国際映画祭で主演女優賞・主演男優賞に輝いたそうです。

前述の『映画千夜一夜』では、雨の場面がすごかった――と語られます。淀川長治がいいます。《恐怖、激情を表現するどしゃ降りで、すごく効果を出してましたね》《見事な雨のシーンでした》といいます。わたしは、昔のテレビ放送を観ていますが、半世紀も前のことです。細かくは覚えていません。

虫明に、《彼があつめた蝶の標本が、部屋のドアが勢いよくしまった反動で、いっせいに、翅をうごかす、それも、青、紫、紅、さまざまな色の蝶の翅がうごくのに感動した。それだけであった》といわれると、そんな場面があったような気がする――という、頼りない視聴者です。

で、この非日常的なドラマについて、この本の中で、何と庄野の評が引かれているのです。ウィリアム・ワイラーが聞いたら、びっくりすると思います。

庄野潤三氏が『婦人公論』にこの映画について書いているが、「もし彼がここで一生、ひとりで、あるいは結婚して家族といっしょに蝶ばかり集めて暮したというのなら、独創的な映画となったに違いない。」

この人にしか書けない言葉では、ないでしょうか。一旦、そういわれてしまえば、頷けます。虫明も《同感である。／映画は、それまでで、後は、たいへんつまらなくなる》と続けます。それも、最初の発言者によって誘導された声のように思えてしまいます。この言葉が似合うのが庄野潤三なのだ——といってもいい。

映画の眼目は、そこから後の、二人の心理の駆け引き、感情の葛藤です。しかし、そんな作られたものに、庄野の心は動かない。庄野にいわれてしまうと、たちまちワイラーの世界が空疎なものに思えて来ます。

『美しすぎる裸婦』の場合も、それが『コレクター』めいて来た時、台なしになったように思えました。淡々たる写真家の日常から、表現と評価に対する考察がなされてこそ、作品になるように思えたのです。

これは、勝手な思い入れではありますが、途中まで——が、そういう展開を空想させたのです。語られないというのは、何と豊かなことでしょう。

若い世代は、表現について、自分で考える以前に、説明を求め、正解を求める傾向があると聞きました。本当のところは分からない。しかしもし、そういう人がいたとしたら、何より勿体ない。

豊かさは、自分のうちに育てるものです。

8

わけが分からなくて、しかし、それゆえの不思議な浮遊感に身をゆだね、
——傑作だなあ。
と、思った文章があります。

穂村弘《ほむらひろし》とフジモトマサルの『にょにょにょっ記』（文春文庫）、「2月1日　お星さまひとつ」です。

外出から戻ると、妻の姿がなかった。
リビングにたくさんの紙が散らばっている。
不思議に思って拾い上げると、こんな言葉が書かれていた。

お星さまひとつ
プチンともいで
こんがりやいて
いそいでたべて

「？」と思って、次々に拾ってみる。
全て同じだ。

お星さまひとつ
プチンともいで
こんがりやいて
いそいでたべて

こう書かれた紙が十枚以上あった。
不安になる。
何があったんだろう。

素晴らしいでしょう。

帰ってきた妻にさり気なく尋ねてみた。

《さり気なく》というところに、聞く穂村さんの表情まで出ている。これは、一読、忘れられない。残り、三行です。

——いっそ、ここで終わっていたら。

と、思いませんか。途中までしかない物語は、こんなにも魅力的です。しかし残念無念、引かないわけにもいかない。こうなります。

「あの、この紙、どうしたの」
「ペン習字始めたの」

ほっとする。

9

読めば、納得はします。

しかし、知ってしまう前の世界は凄い。ペン習字のお手本の詩句の、これしかないという言葉の力のおかげで、不思議なシロホンが鳴っているかのような、異空間が生まれています。

状況のあまりの見事さに、作られた物語ではないかと思いました。

たまらず、穂村さんにうかがったところ、

——事実です。

詩句の作者も、謎の人として、明かさない方が味わいがありますね。しかし、そういうわけにもいかない。

谷川俊太郎《たにかわしゅんたろう》でした。

星からブランデー

1

穂村弘さんが、かつて書かれた文章中に、《お星さま》のきらめく、日常の中の事件が出て来ました。あまりに印象的なので、創作なのか、それとも実体験か、思わず尋ねてしまいました。

事実でした。

内外の物語に登場する名探偵たちは、エラリー・クイーンにしろ、エルキュール・ポアロにしろ、人が一生に一度も出くわすことのないような事件に、次から次へと遭遇します。確率論からいえば、まことに不思議な話です。

しかしながらこの世には、そういう砂鉄を引き寄せる磁石のような、特別な人がいるものなのですね。

稀なる人の一人、穂村さんが、玲瓏《れいろう》の會《かい》主催『塚本邦雄《つかもとくにお》生誕一〇〇年　記念シンポジウム』に登場する――と知りました。人の集まるところに行くのは久しぶりでしたが、吸引力のあるシンポジウムです。わたしが鉄の粉になって、イベントに引き寄せられました。

担当さんを誘って――というか、連れられて参加しました。時は五月の末。場所は三省堂書店の建て替えが始まる神保町でした。なじみ深かった建物の、当たり前のことながら閉まっているシャッターをしみじみと見ました。

それからぶらぶら歩き、イタリアンレストランで、ハンバーグランチをおいしく食べました。初めは空席がありましたが、だんだんと混んで来て、やがて満席に。新型コロナによる行動制限も緩和されてきました。東京の人出も違って来ているなあ、と思い知らされます。

夏の扉が開かれる頃の明るい道を行き、向かう会場は日本出版クラブのホール。建物に入り、目の前の、未来世界的な長いエスカレーターに乗ります。このビルが出来て間のない時に来て以来です。

ぐん、ぐん、ぐんと体が上って行きます。

入口受付のところに、丁度、名高い歌人の今野寿美《こんのすみ》さんが来ていたり、藤原龍一郎《ふじわらりゅういちろう》さんが席にいたりします。門外漢のわたしからすると、お星さまの群れに迷い込んだようです。

壇上に並ぶのは、三枝昂之《さいぐさたかゆき》、穂村弘、寺井龍哉《てらいたつや》、そして進行の林和清《はやしかずきよ》といった方々。それぞれの塚本邦雄との出会いから始まり、畏敬の念と愛と感謝と洞察に満ちた言葉が、会場に溢れました。

ステージの穂村さんは、明るく深い青のシャツが爽やか。短いソックスに革靴。隣の担当さんが、囁きます。

「……最近の眼鏡、ちょっと文豪風。風格ありますね」

林和清さんの、切れ味鋭いタクトを振るような進行と共に、話が進んで行きます。細かい内容については、玲瓏の會で形にするのでしょうから、ここで触れるべきではないでしょう。ただ、一、二点。

七十代の三枝昂之さんは、

――自分たちが学生の頃は『水葬物語』が読めなかった。

とおっしゃいました。塚本の処女歌集です。刊行は、昭和二十六年。短歌関係の方なら、昔から普通に読んでいるもの――と疑いませんでした。しかし、それに手の届かなかった時代があった。

そういう頃に、伝え聞く『水葬物語』を開き、まず最初の一首、

革命歌作詞家に凭りかかられてすこしづつ液化してゆくピアノ

を見た時の心は、今と違う躍り方をしたことでしょう。

そう思うと、ふうっと気が遠くなりそうです。

歌集『日本人靈歌』中の広く知られた歌、

日本脱出したし　皇帝ペンギンも皇帝ペンギン飼育係りも

の、読み方についての質問がありました。いわれてみれば、気になります。塚本青史《せいし》さんが、

「歌は《にっぽん脱出したし》、歌集名は《にほん人靈歌》と読んでいましたね」

と答えてくださいました。

塚本を父とし、身近にいた方ならでは――です。質問できる方、答えられる方のいる会場に座っている幸せを感じました。

2

わたしが塚本邦雄を知ったのは、大学時代です。短歌を愛する友達がいたのです。今は亡き彼から教えてもらいました。

日本歌人クラブ会長（当時）の藤原龍一郎さんは、早稲田での、わたしの後輩にあたります。何かと、声をかけてくださるのもありがたいことです。

今回の会場でもお会いしたのですが、実は、以前、藤原さんから聞いた、塚本との出会いの話が忘れられない。その後、

「あれは、文字の形にはなっていないのですか」

と聞くと、昔の『短歌研究』を探してくれました。コピーをいただけたのがありがたい。藤原さんの言葉を忠実に引けます。

二〇一一年の六月号。塚本の七回忌に寄せた、「一期三会」という文章でした。《塚本邦雄氏

とは三回しか会っていない。否、三度も会うことができたと言うべきかもしれない》と始まります。

一九八〇年の《十分に満たない初対面》の時、《まず感じたことは、「塚本邦雄は実在していたのだ」という喜びだった》。

まことによく分かります。ほかの誰よりも、この感慨が似合うのが塚本邦雄——といってもいい。

言葉とは不思議な道具で、萩原朔太郎《はぎわらさくたろう》が持てばその人の、塚本の手にある時は塚本の、不思議な働きをする。塚本の手つき、道具の運び、動き。二つとない軌跡を見て、我々はこの世のことかと思う。畏怖を感じる。

そういう人と藤原さんの、三度目の出会いは、ある出版記念会でのことでした。会場では、女性のタンゴ歌手が何曲か歌い、やがて、閉会となりました。

　エレベーター前にはまだ人がたくさん居たが、ちょうど、ドアが閉まりかけた一台があったので、私は「すみません。乗ります！」と声を出して、中に飛び乗った。先客はなんと塚本邦雄氏ただ一人だけだった。他の方は遠慮して乗らなかったらしい。私はしまったと思ったが、もうエレベーターは下降し始めている。何か話しかけなければならない。私は緊張しながら、必死で何をしゃべればいいのか考えて、「さきほどのタンゴは、いかがでしたか？」とたずねた。

ドラマの場面のようですね。獅子の檻に入ってしまった藤原さんの、心臓の音が聞こえて来そうです。

するとと塚本氏は、私の顔をみつめて、ただ一言。「私は日本人のタンゴは認めません」。

3

エレベーターが一階に到着して、扉が開く。もう、私に話しかけてくださることもなく、塚本氏は、そのまま出て行かれた。「しくじった……」と私は唇を嚙み、それが生前の塚本邦雄氏にまみえた最後の機会になってしまったのであった。

誰にでも与えられる機会ではありません。目の前に閃き、去った、塚本のひと言。時が経てば、これもまた得難い一瞬です。

エピソードは、人を語ります。塚本邦雄の姿、そして、その存在が見上げる人々にとってどういうものであったかが、鮮やかに浮かんで来ます。

こういう魅力的な瞬間を知ると、自分の言葉で語ってみたい——という誘惑にかられます。

しかしわたしは、人にそういう風に語り直されると、嫌な気持ちになります。風景の前に紗幕をかけられたような思いになるのです。

——そこに、あなたはいらない。元の資料を見せてくれ。

そう思ってしまうのです。

どこを切り取り、どう見せるかに、すでに語り手の創作性が入るものです。それで充分。いや、充分以上です。

極端なことをいえば、放送番組としての録音構成も、切り取り方、並べ方によって、元となる取材相手の発言意図を、全く逆のものにねじ曲げることさえあります。そういう事例はある。こうであった、と語ることは、事実そのものを伝える以上に、語り手について語っているのです。語る者はすでに、ただの媒介者ではない。だからこそ、前提である、

——これは伝えたい。

という文章については、出来る限り出典を明らかにし、原文そのものを、いい換えずに引きたい。そうしてこそ、誠実に自己が語れると思うのです。

今回の、玲瓏の會のシンポジウムでは、三枝、穂村、寺井、林の四氏が、それぞれの選んだ塚本邦雄五首をあげ、作者について語りました。どういう歌を選んだかが、すでに創作になっています。

そこであげられる歌が、間違っていたとしたら、論の力は薄れる。消える——と書かないのは、記憶の変形の仕方が、場合によっては意味を持つこともあるからです。

実は、元の形と違って記憶しているというのは、短詩形作品の場合にはあることなのです。

短歌入門書の巻末に名歌百選がついていました。見ていったら、明らかに、

――そう記憶されているのだな。

という、変形作品に出会ったことがあります。著者が、そうだ――と、かたく信じているから、確かめもしない。ちょっと困りますね。

わたし自身も、細谷源二《ほそやげんじ》の、

地の涯に倖せありと来しが雪

を、長く、

地の涯に倖せありと来しが　雪

と、記憶していました。

――山口誓子《やまぐちせいし》の『鑑賞の書』（東京美術）で、それに出会った。

と思い込んでいたのです。ある時、短詩形における空白の効果について語る際、引こうと思い、『鑑賞の書』のページをめくりましたが、見つからない。

あせりました。

一度読んだ本ですが、ほとんど忘れている。関係ないところが、目に入って来る。波多野爽《はたのそう》

波《は》は、学習院時代、三島由紀夫《みしまゆきお》と俳句のグループを作っていた。《三島の俳号は「青城」だったと教えてくれた》とあります。それだけではない、由来まで書いてある。

顔面蒼白の「あをじろ」をもじったのだそうだ。

洒落ではありませんが、面白いですね。

4

こういうところは見つかるのですが、細谷源二に行き当たらなかった。この手のストレスは、まことに嫌なものです。

宝島社新書の一冊『座右の本』は、原田《はらだ》かずこによる、七十人からの聞き書き。中で異色なのが、土屋賢二《つちやけんじ》氏。ツチヤ教授——として数々の本を出されている氏は、大学三年の頃、とにかく勉強した。勉強して、勉強して、勉強した。気晴らしが必要になり、隣の部屋の東大生の愛読書を借りました。ペリー・メイスンの法廷ものシリーズでした。

そうしたら、これが面白くて、一晩で2冊読む日もあるくらいハマったんですよ。シリーズは約80冊あったのですが、その中に意外性の積み重ねで、もうダメだという土壇場でどんでん返しがあるという、ひと際面白い本があったんです。こんな面白い筋の本は初めてだ、と感心しきりでした。

わくわくする。この世のものでは、ないほどに。

時が流れ、ある日突然、それを読みたくなった。しかし、《覚えているのは湖と女性が出てくることだけ》。そうなると、もうたまらない。一冊ずつ、買っては読んでいった。昔、黄金の時を共にした恋人との再会を願うように。絶版本は古本屋で探す。ネットで、簡単に買えない時代でした。これか、と思っては肩透かしされる。

やがて、旅路の果て。

最後の1冊に辿り着いたのは2年後のこと。「ついに来たか。人生都合よくいかないもんだな」と感無量で読んだのですが、あれ？　これも違う！

呆然としましたね。今までに使った金と労力は何だったんだ……。

まことによく分かる。ありそう、というか、ある話です。

わたしの場合は、何とか別の本で、細谷源二にたどり着き、記憶していた一字分の空白がないことに驚きました。

初読の時、《来しが》と《雪》の間に、白く広がる北辺の大地を見たのですね。

その後、角川ソフィア文庫の『決定版　名所で名句』（鷹羽狩行《たかはしゅぎょう》）を手に取ったら、北から南へと進むので、巻頭にこの句がありました。

——おやおや。

と、思いました。

5

シンポジウムでは、語る人、それぞれの角度からの光が、塚本という存在を照らしました。どこから、どのように当てても照らし尽くせない像です。

終了後、担当さんが穂村さんに、

「圧巻のトークでしたね」

というと、

「好きな人のことは、うまく話せないですね」

とおっしゃっていたそうです。

6

藤原龍一郎さんの近著は、《自分が傾倒した歌人への恋文のようなもの》という『抒情が目

にしみる　現代短歌の危機《クライシス》』（六花書林）です。塚本邦雄についての文章が多くを占めます。さらに、ふらんす堂の「歌人入門」シリーズの⑤『超新星の輝き　寺山修司《てらやましゅうじ》の百首』がありま す。

これによって寺山に心を奪われる若い読者が、きっと現れることでしょう。

寺山も塚本も、戦後短歌界に輝く星ですが、ここで引いておきたい、二人についてのエピソードがあります。

載っているのが、及川隆彦《おいかわたかひこ》の『編集者の短歌史』（はる書房）です。及川は、昭和五十二年から五十九年にわたって、短歌総合誌『短歌現代』の編集にかかわりました。

新しい雑誌を出したいと思っていた短歌新聞社の社長に、編集経験を買われ、

「やってみないかネ？」

といわれました。二日考えた末、

「やってみたいと思います」

と電話。

最初の給料日、手にした額のあまりの少なさに驚きつつも、創刊号を出しました。『短歌現代』の誕生です。

ありがたいことに巻頭を、歌壇の最長老土屋《つちや》文明《ぶんめい》の「入間路」十首で飾ることが出来ました。社長が手紙を書いて依頼したのです。

三首目四首目が、

友あり此の野の桜を年々に食ひぬ今日は来りて取らむとす
藪に入り人の残せる桜の側芽一つ取るにも父子骨折る

うれしい新雑誌の完成。ところが、すぐに《「桜」は「桜《たら》」ではないか》という指摘がありました。なるほど、桜は食べるものではない。

植物の《たら》の漢字を手近な本で見ると、《楤》や《多羅》の例までありましたが、《桜》の方は出て来ませんでした。ところが大修館書店の『大漢和辞典』には、こちらがある。土屋文明が使うのは、そちらだったのですね。桜と桜では一画違い。手書きの原稿を、すでに桜とばかり思い込んでいたら、いくら見返しても気づかない。

十年もの間、さまざまの雑誌をやってきたぼくも蒼ざめた。

たらの芽は、ほろ苦い。つらいスタートでした。

別の一字に関する思い出が、後に語られることになるのですが、その前に、さまざまな歌人の姿が浮かんで来ます。

岡井隆《おかいたかし》と馬場《ばば》あき子《こ》の対談を終え、一同が行ってみようとタクシーを飛ばしたのが、《三枝昂之、今野寿美の若夫婦の所》だったといいます。《おおいに盛り上がった》。そういう場面が次々に出て来ます。

中でも印象深かったのが、寺山修司と仁木悦子《にきえつこ》についてのことです。

及川は、以前から寺山を知っていて、『短歌現代』創刊号、第二号に講演の記録を載せていました。第二号の校正をしてもらった時の寺山は、ホールの《円卓テーブルにゲラを置き、立ったまま数人の劇団員とおぼしき若者と打ち合わせをしながら》《矢のようなスピードで》《朱を入れていった》といいます。そして、及川に向かっては創刊号についての意見を早口で話す。

お古い言い方になりますが、聖徳太子《しょうとくたいし》のようです。

そんな寺山と仁木悦子のかかわりについて、わたしは全く知りませんでした。

うちにまだテレビがなかった小学校低学年の頃、仁木が江戸川乱歩賞を受賞しました。昭和三十二年のことです。随分と話題になっていました。子供でも耳にしたわけです。

漫才を聞いていると、

——猫は知っていた。

というフレーズが出て来て、わっと受けるほどに。

ラジオドラマになり、それを聴いた記憶があります。ギギギーとドアの開く音がし、題名が読まれる。低い声で、

——猫は知っていた……。

現代でいえば流行語大賞を取るような感じですね。その頃のわたしが、無論、寺山修司など知るわけがない。

さて、昭和五十八年の『短歌現代』八月号「寺山修司の短歌——天才追悼」特集には、親しかった方々の追悼文が載りました。その中に、仁木悦子の「寺山氏、さよなら」があった。わたしは『編集者の短歌史』で、その内容を知ることが出来ました。

知り合ったのは昭和三十二年の秋だった。幼児からカリエスで寝たきりだった私は、たまたま長篇推理小説で江戸川乱歩賞を受賞したが、その時、週刊誌のインタビューで、〈行ってみたいのはどんな所ですか?〉と聞かれ、〈どこでもいいから、人の大勢いるところ〉と答えた。二十五年間、部屋の中で天井だけを眺め、家族以外には人間の姿を見ることもあまりなかった私には、名所旧跡よりも、他人ががやがやいてゴーストップで歩いたりしている光景のほうが魅力的に思えたのだ。つまり、生きた街の光景に憧れていたのである。

このインタビューの載った週刊誌が発売されて間もなく、知らない人の名前で小包が送られて来た。中味は『はだしの恋唄』と『われに五月を』という小さな本で、特徴のある字でサインがしてあり、手紙が添えられていた。

〈行きたいところは、どこでもいいから人の大勢いるところ、ゴーストップで歩いたり止ったりしているところ——という答え、僕も全く同じです〉

この二冊の本の著者は、ネフローゼで療養中とのことだった。

——そういうことがあったのか。

と、心で並び合った二人の姿を思います。

短歌関係の方はよくご存じかも知れませんが、わたしには新鮮な驚きでした。

7

発見に満ちた本ですが、中に、あり得ないことの出会い——《一字の誤り》と《塚本邦雄》が繫がるところがあるのです。

及川が、『短歌現代』通巻六十九号となる一月号の編集をしていた時のことです。


さて、塚本邦雄氏から受け取った「歌人豹變」三十三首を読んでいると、オヤッと思うことがあった。次の作品である。

春祭木末《こぬれ》はためく夕映に青年下科醫笛吹きゐたれ

読者はすぐに気がついたことであろう。「下科醫」？　いや、塚本邦雄のみずからの筆記である。

ほかの人であれば、問題なく、

——ああ、誤記だな。

と、思うところです。しかし、言語に対して常にきびしく向かい合う塚本です。言葉の帝王、いや、魔王とさえ思われるこの人に限って、そんなはずはない。

——間違っているのはこちらだろう。


なにか意味か含みがあるのではないか、長く迷ったが、やはりおかしい。意を決してご自宅に電話をかけてみた。

「先生からいただいた作品の「春祭……」の作品の「下科醫」は「下」でよろしいんですか?」と。

間をおいて塚本氏はこう述べた。

「一生の不覚です!」と。

数日を経て、塚本氏から高級ブランデーが小生の自宅に詫び状とともに送られてきた。ビックリしたのは言うまでもない。勿体なくて五年以上小生は大事にしまっておいたものである。それなら代りに色紙でもお願いしておけば良かったろうか。

塚本邦雄氏にとってほとんどあるまじきミスであったのだろう。以降、塚本さんは事につけて小生を遠くからあたたかく見守ってくれたような気がする。

沈黙は、時に雄弁です。藤原龍一郎さんがエレベーターの中で向かい合ったそれも、及川が電話で聞いた《間をおいて》の《間》もそれぞれに塚本邦雄を語っています。

ブランデーから授業

1

エレベーターと塚本邦雄と藤原龍一郎さんのことを書きました。

そうしたところが、担当さんから連絡がありました。穂村弘さんとお会いした。すると、また別の《エレベーターと塚本邦雄》の話が聞けた——というのです。

穂村さんは、エレベーターの前で繰り返し、同じ言葉をつぶやく塚本邦雄に遭遇したそうです。魔法の呪文か——と、思ってしまう。これは気になる。

——何といっていたのです？

——《新幹線瞬間接着剤》。

意外ですね。

エレベーターを、数人で待っている時のことでした。周りに人がいる。塚本は、それを、巻き戻しては再生するように繰り返し、そして、脇の人にいったそうです。

——いい早口言葉でしょう？

2

実用のそれとして、必ずしも《いい》とはいえない。

穂村さんも、

――簡単過ぎるかな。

と、思ったそうです。東京特許許可局とは違う。こちらは急ぐと《きょきゃきょく》になってしまう。そういう落とし穴がない。

しかし、ふと脳裏に去来した言葉を舌頭に転がさずにはいられない――そういう人物の姿が、鮮やかに浮かびます。

言葉を転がす――と考えた時に、ふと浮かんだ歌集があります。藤原龍一郎さんが帯の文で、《言葉は綺羅、言葉は鴉片、言葉は美貌のリビングデッド。》と始め、結びまでに六回《言葉》という語を繰り返した本、橘夏生《たちばななつお》の『セルロイドの夜』（六花書林発行、開発社発売）です。

これには、

AMOR《アモール》の逆読み町ローマにて篝火草はくろぐろと咲く

という一首があります。歌の中の言葉の反転と共に、ひとたび呼び起こされる火の色もまた、裏返され黒々と燃え立つ。

『セルロイドの夜』を今、書棚から抜き出し、見返すと、

　西陽さす図書館の椅子あたたかし膝より落ちる『チェンチ一族』

も印象的です。

わたしは学生時代、とんでもない読書家が揃っているサークルに所属していました。田舎侍が柳生《やぎゅう》道場に行ったようでした。

クラブ・ノートという、誰でも書ける雑記帳が溜まり場にあり、そこに先輩が、日本文学百選、海外文学百選、日本ミステリ百選、海外ミステリ百選――などを列記する。四百選ぶには、最低でも千作、二千作は読んでいないといけない。

そういうリストを読むのは、花園を覗くように楽しかったですね。

対抗上、わたしもやりました。同じ作家の作品は一作に絞る。好きな作家のものを、ずらずらと並べたら、簡単に出来てしまいますからね。それでは広がりが出ない。

バルザックなら『従妹ベット』、これは動かない。しかしメリメは大好きな『エトルリアの壺』ではなく、ぞくりとした『イールのヴィーナス』にする――といったように、あれこれ考えるのが楽しい。

――スタンダールには『赤と緑』という作品もあるんだよ。

コーヒーを飲みながら、そんなことを当たり前のようにいう先輩のいたクラブですから月並みを避けたいところはありましたね。でそのスタンダールは――『チェンチ一族』にしました。一読忘れ難い、荒々しい織物のような作です。

後になって都筑道夫が、久生十蘭は『カストロの尼』を下敷きに『うすゆき抄』を書き、そして――『チェンチ一族』から『無月物語』を生んだといっているのを見て嬉しくなったものです。

若き日に親しんだ、そういう題名に、再会出来たわけです。本の歌は楽しい。出版社名も歌われます。

白水社みすず書房の表紙にふれるたび雪の匂ひが顕《た》ちのぼりけり

書き出しの《白》から《雪》へと導かれる。

さて、《AMORの逆読み町ローマ》というのは魅力的です。

小《お》栗《ぐり》虫《むし》太《た》郎《ろう》は『黒死館殺人事件』の出だし、マクベスの所領にも似た荒涼たる北《きた》相模《さがみ》の丘に建つ、奇跡の館に足を踏み入れた名探偵法《のり》水《みず》麟《りん》太《た》郎《ろう》の前に、飾られた二基の中世甲冑を置きました。

それぞれの手の旗は、左と右が入れ替えられ、逆さまになっていました。

「富貴の英町旗《エーカーばた》――信仰の弥撒旗《ミサばた》となっていたのが、逆になったのだから……そこに怖ろしい犯人の意志が現われて来るんだ」

「何が？」

「Mass（弥撒《ミサ》）と acre（英町《エーカー》）だよ。続けて読んで見給え。信仰と富貴が、Massacre《マッサカー》――虐殺に化けてしまうぜ」

逆さの言葉が輝き、かくして、希代の名犯人小説『黒死館殺人事件』の幕は上がるのです。虫太郎は序文でこの小説の想は《「モッツァルトの埋葬」から得たと云っても、過言ではない》といっています。《芸術史上空前の悲惨事》というそれに比べ、平成二十八年の七夕古書大入札会に出た、今は亡き小栗の草稿、創作ノート、日記、校正ゲラなどからなる膨大な資料が、四散することなく、一括して成蹊大学図書館に購入されたことは、死者を蘇らせる手掛かりとなる、文学史上の欣快事でした。

この七夕古書会には、かつて例えば芥川龍之介『鼻』の原稿、樋口一葉《ひぐちいちよう》『たけくらべ』の原稿、石川啄木《いしかわたくぼく》の長文書簡などが出品され、話題となりました。

小栗虫太郎、夢野久作、久生十蘭が、文学史上のひとつの水脈として注目され始めてから半世紀。文学研究の基地となるべき大学図書館も、それぞれに特色を持ってしかるべきです。成蹊大学図書館の、ミステリ研究への貢献に期待するところ大です。

3

話が、《言葉》と《逆読み》から虫太郎に飛びましたが、《AMORの逆読み町ローマ》について先人が触れていないか、それが気になり、藤原龍一郎さんに聞いてみました。するとすぐ、『セルロイドの夜』の著者、橘夏生さんに連絡をとってくださいました。たちまち、この歌の出典は、ある人の文章にあると教えていただけたのです。

誰だと思います、水源は？　そう、——塚本邦雄なのです。流れの面白さに、うなってしまいました。

出典は、塚本の『百句燦燦　現代俳諧頌』。それなら、わたしも講談社文芸文庫版を持っています。

開いてみると、なるほど、馬場駿吉《ばばしゅんきち》の句《娼婦の日傘黑死病《ペスト》の町の千年後》を語る文中に、《逆讀みのAMORの街、卽ち倒錯の愛の町羅馬》とありました。

きちんと読んで、頭に入れていなかったのがお恥ずかしい。それにしても、塚本邦雄の言葉への愛が、あらためてよく分かります。

塚本は、自らの原稿を送った時、一字の誤字を指摘され、あり得べからざる間違い——といって編集者に高級ブランデーを送ったそうです（まあ、誤字があったら必ずそうしたわけでもないでしょうけれど）。

わたしがそんなことをしたら、大量のブランデーが必要になります。一字どころか、

——言葉が足りなかったなあ。

と悔やむことも、また、間違いに後から気づくこともあります。

さて、春先、朝のラジオが耳に入りました。大学でせっかく対面授業が再開されたのに、適応できない学生がいる——という話をしていました。

リモート授業に慣れてしまった学生の例です。その録画を後から聴けた。そこで、倍速にしたり早送りしたりした。要するに、つまらないと思ったところを飛ばせたわけですね。しかし、教室の授業では、そうはいかない。自分のテンポで聴けない。それにいらだつ。耐えられないストレスを感じ、聴いていられなくなる。そういう学生がいる——というのです。

恐ろしい話だと思いました。

若い人に聞いてみたところ、大学によってはあり得ると分かりました。配信を、一回聴けば受講になるので、まず聴かずに流し、受講のアリバイ作りをし、内容は後から確認する——という人もいました。

配信の形、リモート授業の形は大学によってさまざまでしょう。どこでもそうとはいえません。リアルで一回だけというところも、勿論あるでしょう。しかし、九十分の授業を九十分で聴かない学生も、実際、あり得るわけです。

ことは、授業というものの意味にかかわります。

実は、わたしが、

――言葉が足りなかったなあ。

と思ったのは、ある作品中のある授業についてのことなのです。

それは後回しにして、まず、この問題について考えてみたいと思います。

4

ファスト映画の問題――というのが話題になりました。それでは、授業についてそれがあったらどうでしょう。

便利でしょうか？

授業というのが、伝えるべき要点があり、それが伝わりさえすればいいものなら、ファスト授業が手に入ればいいかも知れません。しかし、授業は人と人の間にあるものです。

授業のポイントと思われることは、何も心に残っていないのに、ある先生のちょっとした身振り、つまらない駄洒落を記憶している――そういうことはあるはずです。それに意味がないとは、思えないのです。

先生には先生ごとに流儀がある。それを味わうのが教わることの醍醐味でしょう。

ここで、教師にとってこわいのは、自分の授業が、それが醍醐味――となるようなものか、です。教師に、人間としての力があるか、です。

大学における、駄目な授業の例としてあげられるのが、毎年毎年、自分の著書を読み上げるようなやり方です。

——だったら、その本を読めばすむ。時間の無駄だ。

と、思うでしょう。ですが、ここに、こんな魅力的な文章があります。作曲家の三善晃《みよしあきら》が、受けた授業について語ったものです。

大学で、中村光夫《なかむらみつお》先生のフローベール論を聴いた。先生の講義は、先生ご自身が書かれた文をゆっくりと読まれ、それを私たち学生が一字一句、まちがえずに筆記することに終始した。

この、時計の時針のように遅くて正確な作業によって、私は文体だけが総てであることを知った。一つの内容は、ただ一つの在り方しか、持てない。先生のフローベール論は、先生の書かれた文そのものの他に、どのような形質も持ち得ず、従って、その文体でしか、存在できない。私たちが「中村光夫フローベール論」を受けとるのに、その一字一句を正確に書き取る以外の、どのような手だてがあろう。句読点や改行の違いすら、それを別の何ものかにしてしまうのである。

そのようにして先生がゆっくりと読み進まれるうちに、「文体は、何ものの支えもなしに定位する天体の如くに、存在します」という言葉を、私たちは書き写していた。

『私の文章修業』週刊朝日編（朝日選書）の中にある言葉です。

「中村光夫フローベール論」は、心臓だけあればいいものではない。頭髪から足の指の先までが「論」なのです。

つまらないと思った学生もいるでしょう。だが、通じた人間もいる。教場とは、教師と学生が試される場です。教師中村光夫は、そういう授業をしても、学生三善に、これだけの感銘を与えることができたのです。

要約することのできないこと、人が人にものを伝えるということの、張り詰めた意味がここにあります。

作曲家である三善は、無論、その感銘を音楽に結び付けます。写すということは創作の前段階として意味あることだ。

デュティーユとベルクの作品については、私は今でも、その多くの頁を暗譜《そら》で書けるはずである。それは、それらの楽譜そのものが、「何ものの支えもなしに」そこに、そのように、定位している根拠《わけ》を、一たんは私自身の内的現実として体験することだった。

これらの言葉は、われわれを動かします。そして、教壇に立つ人間の耳にきびしいのは、結びのひと言です。

中村先生の講義を除いては、文章に関してそれをしたことは、ない。

《それをしたことは》の次の《、》が指揮者が指揮棒を止めたようですね。そして振り下ろされる《ない。》。

誰もが、自著を読み上げればいいものではない。それをしてもいい教師が、稀にはいる——ということです。

5

ここまではいかなくとも、全ての先生が、自分の授業の色を持っています。分かりやすく、今日のポイントが伝えられるのがよい教師なのか。そういう先生は、受験生にとってはいい。実際、いい先生でしょう。

しかし、試験に役立たなくとも、何だか味のある授業というのはありますね。おかげでその科目が好きになるような先生というのは、確実に存在する。

里見《さとみ》弴《とん》という作家がいました。巧い作家として定評のあった人です。その人が、戦前の昭和十五年、岩波書店の『図書』十月号に寄せた文章があります。『図書』はそんな頃から出ていたのです。驚きますね。

「清き水の魚」という題です。『エッセイの贈りもの1　『図書』１９３８—１９９８』岩波書店編集部編（岩波書店）に収録されています。

里見はここで、水上滝太郎《みなかみたきたろう》の文章について語っています。透明な文章だというのです。対照的なのが、宇野浩二《うのこうじ》。水上は《さらさら》、宇野は《だらだら》。

そして、まず宇野の文章を引きます。

里見は、どういうわけか《近著、一五四頁からの引用》と書いて、作品名をあげていません。そういうわけにもいきませんから、『宇野浩二全集』（中央公論社）に当たると、『第七巻』「木と金の間」の一節でした。

わずかに違いがありますから、ここでは『全集』によりましょう。

石造が生まれ、石造が育つた海岸は、ただの海岸でなく、かういふ海岸である。

それを少し固苦《かたぐる》しくいふと、石造の生まれ故郷の松ケ崎村は、正しくいへば、海岸でなく、河口である。河口は即ち河水の海にそそぐところである。その海は北日本海であり、その河は阿賀野川であり、その阿賀野川の水本《みなもと》は会津の猪苗代湖である。

これが、宇野先生の授業だとしたら、

——要点を、分かりやすく、早く示せ。

と思う若者には、たまらないでしょうね。身もだえしてしまう。

里見は、水上滝太郎が書いたら、こうなるだろうといいます。

石造の故郷は、猪苗代湖を源とし、北日本海に注ぐ阿賀野川の河口、松ケ崎村だった。見事に、行き方の違いが示されます。

しかし里見は、水上の文は分かりやすくていい――とはいいません。それどころか、芸術表現のための文章に《さらさら》は適さないというのです。《芸術の魚は、無色透明、清澄冷徹の水の底に、いながらにしてその全姿体を露呈することを好まない、というのが私の持論だ》といいます。

一方の宇野浩二は時代と共に文体が変わった作家です。ここに引かれた、持って回った文章には、いかにも初期の彼らしい独特の味がある。《だらだら》を通すから、われわれは《宇野浩二》に会える。ゴッホのタッチで描かれてこそ、ゴッホの絵なのです。

ことは、文学に限らない。ものを伝える時には、分かりやすく話した方がいい――実用文にはそれが必要です。自動車教習所の先生に、宇野のようにしゃべられたらたまりませんね。

しかし、大学の授業などでは、《話される内容》以上に、九十分を通し、余分なところを含めて、《話す先生その人》を聴いている――というところがあるのです。

など――というのは、どんな場でもそれはあり得るからです。ただ、効率の求められる時代になり、だんだん、それが難しくなっているのかも知れません。

6

ファスト映画では、台詞のない部分が飛ばされたりすると聞きました。

先ほどあげた『私の文章修業』の中で、映画監督新藤兼人《しんどうかねと》が、撮影所で雑役をやっていた頃のことを書いています。ポジフィルムを洗い、乾燥させる。作業するにはフィルムが短い方がありがたい。長いとうらめしい。大変だ。

そこで新藤は、シナリオとフィルムを比べてみました。すると、

台詞と台詞のやりとりのところはながくはならない、ト書のところがむやみにふくらむのである。そういうところにはほとんど台詞などはなく、沈黙の描写が重ねられ、映像が自由に羽をひろげているのである。

あっという発見であった。

時間芸術、映画の命が、そこにある。

台詞は、勿論、映画や演劇の大切な要素です。劇などでは、それが聴きたくて、発せられるのを待つことがあります。朗々たる名台詞とは限らない。胸をえぐる《いいえ》という、ひと言を待って、客席にいたりする。

しかし、劇の魂を胸から胸へ伝えるためには、それを生かす、台詞以外の場面が必要なのです。

絵画においても、描かれる対象物だけが画面にあるのではない。書道においてもしかり。余白が、それを支えます。

要点だけでは、作品ではないのです。

7

目は口ほどにものをいう——といいますね。

——愛してるよ。

と、言葉にするより、黙って送られた視線が雄弁な場合もある。

松尾芭蕉《まつおばしょう》も、俳句はこと細かにいい尽くすものではない——といっています。この句は見事にいい尽くしていますね、というと、

——いひおほせて何かある。

それをいっちゃあ、おしまいよ。言葉でいってしまえば、至れり尽くせりであるほど、余白がなくなる。小さくなる。

舞台に関して、実にいい例があります。名優六代目菊五郎《きくごろう》の逸話です。

これは何度も人に話したのですが、ずっと出典を忘れていました。出どころが分からないの

は心細い。それを、この間、再発見したのです。うれしかった。

——ここに、あったのか！

と、思わず叫びましたね。

宇野信夫《うののぶお》という、高名な劇作家、演出家がいました。近松門左衛門《ちかまつもんざえもん》の『曾根崎心中』が現在、歌舞伎の代表的出し物の一つになっています。ずっとそうだったのではない。戦後、宇野の脚色演出により、今の地位を勝ち得たのです。

あるところで宇野について話す機会があり、それに備えて、書棚の本を見返していました。四十年ばかり前に買って読んだ宇野の『役者と噺家』（九藝出版）を抜き出しました。

すると、この一節に再会したのです。

8

宇野信夫の『役者と噺家』で再会したのはこのような話でした。

戦前の片岡仁左衛門《かたおかにざえもん》は、『名工柿右衛門《かきえもん》』という芝居を得意にしていました。宇野は十代目仁左衛門と書いていますが、これは十一代目の誤り。どんな大家にも、間違いはあります。

さて、主人公は、有田の陶工、酒井田《さかいだ》柿右衛門。柿の色を陶器に生かしたいと艱難辛苦します。序幕で柿右衛門は、熟した柿を見上げ、いいます。

秋がくれば自ずと柿まで色がつく。しかもその色が生々《なまなま》として、目が覚めるようじゃ。造化の力と人間の業《わざ》は、こうも違うたものか知らん。

得意の名台詞、聞かせどころでした。こういうことなのですよ、と丁寧に説明してくれる。分かりやすい。

戦後、これを六代目菊五郎がやることになり、宇野信夫が改訂にあたりました。

宇野は、こういう台詞は、六代目の嫌うところだと思いました。

で、そのセリフのかわりに、一ト言、

「ええ色じゃなあ」と言わせることにした。そのかわり、柿を一つ木から落とす、それを柿右衛門が拾う、じっとその柿を見て、この色を皿の染色《そめいろ》に出したいという思い入れをするように書いた。六代目はそれをよろこんでくれた。しかし、三日目あたりからは、その「ええ色じゃなあ」というセリフを言わなくなってしまった。じっと柿を仰ぐ。柿が落ちる。それを拾って思い入れをする。それだけであった。それがまた非常によかった。六代目の芸の秘密は、こういうところにあるのじゃないかなと私はその時つくづく悟った記憶がある。

まさに、《いひおほせて何かある》ですね。この方がいい——と、多くの人が思うでしょう。小学一年生だったら、説明してもらった方がいい——と思うかも知れません。いろいろなことに慣れていないからです。

しかし、人は生活をしていくうちに、目は口ほどにものをいう——という体験をする。成長していくうちに、それが分かって来る。

言葉でいわれないことも、じんわりと胸にしみ込んで来るようになる。それが分かるようになる。

菊池寛は一高に入った頃——といいますから明治の末か大正の初め、歌舞伎を盛んに観ていました。中でも《「名工柿右衛門」などが、すぐれて面白かった》と書いています。『半自叙伝』にある言葉です。

その前後に記されている名は、猿之助《えんのすけ》や左団次《さだんじ》。しかし、『名工柿右衛門』の初演は大正元年の歌舞伎座、主役は十一代目仁左衛門でした。菊池は、舞台に響く、あの《名台詞》を耳にしたに違いない。それは確かに、いいものではあったでしょう。それはそれ、これはこれです。

菊池に、六代目菊五郎のしゃべらぬ柿右衛門——戦後の柿右衛門を観せたかったですね。舞台の進化、即ち深化を、彼はどう思ったでしょう。

この六代目の演技を、

——陶工柿右衛門は、拾った柿を見て、何かをじっと考えていました。何を考えていたのでしょう。百字以内で答えなさい。

という問題にすることはできます。しかし、それはむなしい。

——それをいっちゃあ、おしまいよ。

なのです。

確かに、いわれなければ分からないことはある。赤ちゃんには何も分からない。経験によって、分かることを増やしていきます。

ですから、小説を読んだり、映画を観たりした後、せっかちに、

――で、あれは結局、何がいいたいのですか？

と、聞かなくてもいい。答えを人に出してもらう必要はない。今の自分に分からないことは、いくらでもある。当たり前のことです。

小学一年では分からなくても、中学生になって分かることも、大人になって分かることもある。失恋をしたり挫折したり、他人のありがたさを痛感したりして、初めて理解できることもあります。老人にしか分からないことも無論ある。

読む時、観る時、分からなくても、定評ある作品に接するのはいいことです。それによって、自分の感性が鍛えられるのです。感性もまた、運動能力と同じです。

補助輪をつけて自転車を習うのはいい。しかし楽をして、生涯、補助輪を求めるようになったら、遠出はできません。

車に乗るようになると、近くに行く時にも歩かずに、ついハンドルを握ってしまう。人は楽をすることを好む。そうすると、どんどん足腰が弱ります。同じように、分かりやすいものでないと読めない、観られないようになってしまいます。

難しいこと、つらいことをしろというわけではありません。瀬戸内海に美術作品の観られる、

直島、豊島《てしま》というところがあります。人気の観光スポットになっています。行かれた方もいらっしゃるでしょう。

しかし、そこの現代美術を前に、

――分からない……。

と、苦しんでいる人は、まあいないでしょう。何よりも楽しい。

若いうちは、分からない本や映画や劇に敵意を抱くことがあります。あんなのは、ろくでもないものだ――と、いったりする。そうすることによって、自分のプライドを守る。分からない自分を、受け入れられない。

しかし、そうして背を向けているのが、実は素敵な緑の野かも知れない。もったいない。

NHKテレビで『最後の講義「俳優　柄本明《えもとあきら》」』という番組をやっていました。得るところの多い放送でした。

その最後で、柄本は、難解さで知られるサミュエル・ベケットの『ゴドーを待ちながら』について語ります。読んでみた。しかし、《ちんぷんかんぷんで分からない》。

ところが、自分が舞台で演じることになった。また読んだ。しかし、《全然、分からない》。

我々は、俳優は自分なりの役への解釈を持ち、舞台に立つものと思います。しかし、柄本には、分からないものを《分からない》といえる大きさがありました。

劇の最後で、二人の登場人物、ウラジーミルとエストラゴンが木を挟んで、さよなら、さよなら、こんにちは——という。

泣けたね。分からないけど泣けたね。何だろうね。全然、分からない。

この後、柄本は《生きてるってことは、待ってるってことなのか……》という、意味を求める者には、解と思えるようなひと言をつぶやきます。しかし、それに続けて、こういうのです。

何でこんな、分からなくちゃいけない世の中になったのかね。

9

授業を、要約できるようなものだ——と思う学生は、昔からいました。

わたしの書いた本に、『いとま申して』三部作（文春文庫）があります。時代の流れの中を歩む人びとの姿を描きました。

時を描くのに必要なのは、資料です。わたしの父は、膨大な量の日記を残しました。それはわたしにとって、過去に向かって開く窓でした。

わたしの父の伝記と思われたら違う。父は舞台の狂言まわしになっています。背景を描いている、といってもいい。

どの一冊も独立して読めますが、三部作全体を通しての主人公は、民俗学そして文学史上の巨人、折口信夫《おりくちしのぶ》です。

第一部が『『童話』の人びと』。『童話』とは、中学生時代の父が、投稿をしていた雑誌です。投稿者には、今は広く知られる金子《かねこ》みすゞ、しばらく前には誰もが知っていた淀川長治などがいました。この巻だけに関しては、無名の童話投稿者、女言葉を使う薄幸の少年、千代田愛三が、時を背負う主人公といえるでしょう。千代田は、小品「お月様と蛍」の中に《お月さんは、私共蛍の生みの親ではありませんか?》という、誰にも知られることのない言葉を残し、死んで行きました。遺骨は埋葬する余裕もない養母に抱かれ、縁故を転々としました。

第二部は『慶應本科と折口信夫』。この巻では、父が客席から観た、当時人気絶頂の若女形、五代目中村福助《なかむらふくすけ》が、流れ行く時に抗い戦う、主人公となります。多くの人物が登場します。昭和六年、福助の舞台を観、感激して涙し、作者長谷川伸《はせがわしん》の手を取る甘粕正彦《あまかすまさひこ》も出て来ます。あの——甘粕正彦なのです。

昔の人は実によく歌舞伎を観ました。英文学者の福原麟太郎《ふくはらりんたろう》に『芝居むかしばなし』（毎日新聞社）という本があります。大正三年、小劇場、昔の有楽座で『ロミオとヂュリエット』を観た——というのが初めですが、その観劇体験の多くは歌舞伎です。父や折口が、芝居づけの日を送っていたのも、ごく当たり前のことでした。

そして、折口信夫が前面に出て来るのが『小萩のかんざし』です。この第三部を折口と共に支えるのが、折口に《悪人》と決めつけられたため、その信者というべき折口周辺から、憎しみと猜疑の目で見られた快男児、横山重《よこやましげる》です。

実像を知れば知るほど好きにならずにいられない。これほど魅力的な人物も、世に珍しいのです。

10

『折口信夫全集』（中央公論社）の特徴といえば、それだけでも普通の全集分にあたる、膨大な量の『ノート編』があることです。

折口の授業に魅せられた学生たちは、片言隻語をも漏らさず、ノートに記録した。その全てが宝物でした。

自由な語りこそが、文章以上に折口信夫だった――といってもいい。

ところが、『いとま申して』第二部に、こんな場面が出て来ます。

父は、ある学生に、

「折口先生は、午前中から夜の七時まで教えてくれた上、時にはラジオにまで出る。本当に凄い人だなあ」

と、いいます。感激と共に同意すると思った相手は、しかし、冷ややかな反応をするのです。

折口先生の授業は二時間かけても、本当にやっているのは一時間だ――と。

聞きたいのは、要点なのですね。

これに対し、『池田《いけだ》弥《や》三郎《さぶろう》対談集』（新人物往来社）の中で、折口の弟子を代表する池田が、面白いことをいっています。

戦後、折口の話が《どんどん短くなった》。

どうしても話が短く終わっちゃって。大体、先生は一段落ついてくると、手をのばして腕時計を見てやめていたろう。腕時計を見て、まだ時間があるなんてことはなくて、見ればもう大体終わってもいい時間になっていて。それが少なくとも三十分は早くなってしまったな。先生自身、そう言っていたね。どうしてこう早くまとまっちゃうんだろうって。先生はAと言って次にBと言おうとする時に、先ばしってBの反対のCの話を先にして、Bに戻ってくる話し方をよくやるだろう。その先ばしってCへ行かなくなったんだね。Aの次にBをちゃんと言うようになったんだ。

そういう、たゆとう流れ方に、折口ならではの、授業の妙味があったわけです。戦後、それがなくなって来た。

要点を聞いて、早く分かりたい学生には、望むところでしょう。だが、そうなっては折口の授業ではないのです。

池田は、神秘的魅力が消えた原因は体力の衰えにあるのではないか、といいます。

つまり、しゃべっているときに何か憑かれてものが寄りついてくるような、そういう状態になってこないとだめなんだね。
(中略)だから、つまり自分がいくらわかっていたって、頭の中には何かあるんだろうけれども、それが言語の形をとってこないってことがあるんだね。カケみたいなものだと思うね、一種の。だから、途中で質問したりすることをいやがったろ。キレたら、憑きものがおちてしまう。

憑かれた人間は、普通ではないことを語る。池田が感じたのは、黄昏を迎える神を見る思いでしょう。

分かりやすさを求める学生には踏み入れることのできない領域が、そこにあったわけです。

11

大事なことなので、先述の『いとま申して』の内容を書いています。さらに続けます。

わたしは、ここで、詩人であり英仏文学者であった上田敏《うえだびん》の授業に筆を伸ばしています。上田敏は、訳詩集『海潮音』で、日本の文学界に大きな影響を与えた語学の天才です。京都帝国大学で教鞭を取りました。

大正四年に入学した矢野《やの》峰人《ほうじん》が、その授業ぶりについて語っています。矢野は、その授業に魅せられました。一年生なのに、単位にならない二年の特殊講義、三年の演習にも出ました。ただもう、上田先生の言葉が聞きたかった。

矢野は語ります。

面白くない先生の講義なんかを聴く場合には、先生の休講の掲示が出ると《ばんざーい！》と声に出す者もあり、喜ぶ者があったが、上田先生の《本日休講》という札を見ると、まことにがっかりした。それほど先生の講義は面白かった。本筋というより、横にそれて何が飛び出すか分からない。それが先生をおいては他で聴くことの出来ない、まことに文字通りユニークなものであった。だから、これは非常に助かった。これは、後に有力になって広がった、いわゆる比較文学の種を蒔いたということにもなるし、我々の英文学を見る眼というものを拡大してくれ、また学問に対する興味というものを、非常に増した。

英文学者であり名訳者、矢野峰人——というのはわたしが中学生の時、心に刻んだ名前です。そういうと偉そうですが、実は貸本屋さんで借りた都筑道夫の『猫の舌に釘をうて』に、矢野訳の詩『シナラ』の一節が引かれていたのです。一度読んだら、心に焼き付きます。

われはわれとてひとすぢに恋ひわたりたる君なれば、あはれシナラよ。

凄いでしょう？

都筑道夫の師匠が大坪砂男《おおつぼすなお》。大坪が、この詩句を愛し口ずさんでいた。都筑は、大坪から渡されたバトンを我々に差し出しているのです。

『シナラ』の作者はアーネスト・ダウスン。この詩には、マーガレット・ミッチェルが自分の小説の題にした一節もあります。『風と共に去りぬ』ですね。矢野訳でいえば、《われは多くをうち忘れ、シナラよ、風とさすらひて》というあたりが、そこになります。

で、その矢野が、敬愛する師上田敏の授業を語った、先に引いた言葉ですが、国書刊行会の『矢野峰人選集』を探しても出て来ません。《有力になって広がった》などというのも、文章語としては変でしょう。どういうことか。これは、矢野の言葉を、テープから起こしたものなのです。

わたしは、『いとま申して』では《別の本に書いたことだが》として、出典を明らかにしていません。読み返して、

——いけないなあ。

と思いました。自分の本のことだから、書名を記すのを、嫌らしい——と考えたのです。今となってみれば、実に小さい。別の本とは新潮新書の『自分だけの一冊　北村薫のアンソロジー教室』です。

上田敏と矢野峰人について、さらに、このテープのことも、そちらに細かく書きました。

わたしが、矢野の語るテープをずっと持っていたのも、ひとつの奇跡のようです。今となっては、うちのどこかにあるはずのそれを、積み上げられた資料の山から捜し出すのも、かなり面倒になってしまいました。

その声を文字にして引いたのは、心情がよく出ていることと合わせ、ここでこれを活字化しておかなければ、消えてしまう——という思いがあったからです。

12

言葉を使う名手、矢野峰人を生んだのは、要領よく結論を伝える授業ではありませんでした。時間をかけず早く答えを知りたい、と手を差し出すと、その指からこぼれ落ちるものがあるのです。

——さて、ここで、《お詫びのブランデー》に繋がります。『慶應本科と折口信夫　いとま申して2』中に、問題点を二か所、見つけたのです。

すぐに再版できるなら、その時に訂正できる。しかし、そういう機会は簡単には得られない。過ちを見つけたら知らせるのは、作者の義務、責任でしょう。それを書きたい。そしてその二点は、共に《授業》にかかわることなのです。

上田敏について書いた後、わたしは、次の数行を付け足しました。

ところが、同じ上田の講義を受けた菊池寛は、授業の半分は雑談だといって否定している。菊池にはそれが耐えられなかった。これが、とても面白い。

『名工柿右衛門』の初演を見た人物として、名前の出て来た菊池寛について、です。菊池は初期にテーマ小説を書き、新聞小説では広く読者を獲得した。『文藝春秋』を創刊し、出版界に重きをなし、文壇の大御所と呼ばれた人物です。

彼は、分かりやすい小説を書きました。《芸術の魚》と《水》について語った里見《さとみ》弴《とん》とは、文芸作品には、表現以前に語られる内容そのものが価値を持つことがある――として、論争をしました。里見は無論、芸術の価値は表現にある――という立場です。

上田敏の授業のことになり、すぐに浮かんだのが菊池寛でした。

彼は好意を持っていた友人の罪を我が身に引き受け、一高を去り、京都帝国大学英文科に入学しました。

行き先は京都ですが、文芸に夢を持つ人間からすれば、出版界の中心である東京からの都落ちです。その頃の京都帝大で教鞭を取っていたのが上田敏です。

菊池は、上田に原稿を読んでもらいたい、認めてもらいたい――と思いました。しかし、かなわなかった。

『半自叙伝』には、こう書かれています。

博士に「新思潮」を毎号送ったのだが、それに対して何の挨拶もしてくれなかったことは少し不満だった。僕の作品でなくとも芥川、久米《くめ》などのものについて、何か一言云って貰いたかった。とにかく「新思潮」五、六冊の中には文学史的に云えば将来の文壇の萌芽があったのだから。

　とにかく、京都大学三年の間、教室で学んだものは、何もなかった。あったとしても、一《ひと》月《つき》も自分でやれば覚えられる事だと思う。

この辺りの印象が強い。そこで、《授業の半分は雑談だといって否定している。菊池にはそれが耐えられなかった》などと書いてしまいました。《雑談》というのは、菊池の書いた「晩年の上田敏博士」の一節、

　先生の講義は文芸的茶話になる事が多かった。

から来ていると思います。

思います――というのも無責任ですが、菊池の書いたものは、まだ記憶のはっきりしている若い頃に読み、頭に入っていました。そこに思い込み、慢心がありました。

文章の流れとして、上田に傾倒している矢野峰人に対し、授業からこれを得た、とすぐいえ

るものを求める菊池寛――という図を描くと、収まりがいい。その誘惑に負け、筆が滑ったのです。

あらためて読み返してみると、『半自叙伝』で上田の授業は《「文学概論」と「十七世紀の英文学史」であったが、どちらもそれほど役に立たなかった》とはいっています。しかし、《上田博士が、文芸を談ずるときは、文芸を真に味読するものの歓喜があったように思う》とも書かれていました。

また「晩年の上田敏博士」でも、詩を愛し詩を讃美していた上田からは《何等の文芸上の伝統を承《う》け継がなかった》としつつ、一方、《充分に尊敬を払い、その学風に対しても充分に理解を持って》いたといっています。

何よりも、ほかならぬ矢野峰人が、上田敏が亡くなった時のことを、こう書いているのです。

菊池は、当時田舎に帰つて居た私に書を寄せて、「僕は小説家になるんだからかまはないが、君のやうに詩をやる人にとつては大打撃であらう。これで日本には詩のわかる学者が無くなつた」とも語つた。菊池寛の「無名作家の日記」を引用したり、「葬式に行かぬ話」を引用する人は、動《やや》もすれば、彼が上田先生に無視された憤懣の情を洩らせる点のみを強調して、彼が公人としての先生に対し如何に深い敬意を払つて居るかを見落しがちである。なる程、菊池個人は上田先生によつてその存在を認めて貰へなかつたであらう。然し、それ故に彼は、先生の講義を面白くないなどとは、何処でも言つて居ない。彼が先生に対して加へた非難――といふよりも批評的な言葉を強ひて探すならば、「先生には一種のポーズがあつた」といふ言葉位のものであらう。

『矢野峰人選集　1』にある「上田敏先生の思ひ出」の一節です。《「葬式に行かぬ話」》というのは、正しくは「葬式に行かぬ訳」です。

これを読めば、もう弁解の余地はない。わたしは、菊池が小説の中に記した《憤懣の情》に、確かに引きずられたのです。自分の書いた数行は、勇み足だったというしかありません。もう一点は、次に書きます。

授業から映画

1

何かを知るのは、楽しいこと——のはずです。ところが学生は、休講があると時に狂喜乱舞。往々にして、授業から逃げたがる。それなのに年をとると今度は、進んでカルチャースクールに行ったりする。

人の心とは面白いものです。

自分から聴きに行こう——と思うのが大切なのですね。担当さんから、世田谷文学館で開かれる「月に吠えよ、萩原朔太郎展」で、萩原朔美《さくみ》さんのトークイベントがあると聞きました。朔美さんは勿論、朔太郎の孫に当たられる方です。

「それは、行きたい。しかし、うーん、うちからでは……世田谷はあまりに遠し」

埼玉から行くと、東京のかなり反対側。距離以上に、心理的に遠いのですね。

担当さんは、朔美さんを以前からご存じでした。新潮社から、一九九四年に『萩原朔太郎写真作品　のすたるぢや　詩人が撮ったもうひとつの原風景』という本が出ています。『フォト・ミュゼ』というシリーズの一冊です。

朔太郎は、まだ洋楽が珍しかった昔、マンドリンをひいていました。そういう彼が、写真に興味を示した——というだけなら珍しくもないのですが、何とこれが立体写真。『のすたるぢや』巻頭にある萩原葉子《ようこ》の文章には《父は普通の写真機で普通に撮るのは興味が無いと書いていて、早くから立体写真で郷愁の世界へ入るのを楽しんだことが分る》と書かれています。

朔太郎の撮った、というか、捉えたこれらの写真からは、わたしが子供だった頃の、まだ道の多くが舗装されていない——ごく小さい時には、牛を使って田を耕しているのさえ見た、そういう時代の空気が溢れ出て来るようです。

朔太郎が立体写真に興味を示した——ということに、大いに共感します。

わたしは、就職して、お金が多少自由になった時、カメラを買いました。奈良、京都を撮りに行きました。望遠レンズや広角レンズも買いました。写真機材のリストを見ていると、そこには——立体写真の道具が出ていたのです。一度に左右二つの角度から画像が撮れる。わたしもまた、空間を操る手品に魅かれるように心を動かされて、注文しました。

それから半世紀。時は流れました。器具は使われぬまま、うちの戸棚に眠っています。今となればもう、このまま処分することになるでしょう。しかし、虚しいとは思わない。できる可能性を手にしていたのですから。

一方——朔太郎は、明治三十六年、もう、風景の立体写真を撮っていたそうです。中学生の時から読んでいた朔太郎と、似た心の動きが、わたしにもあったと思うとうれしい。

わたしも遠い子供の頃に戻り、橋のたもとに繋がれていた白い山羊や、からたちの垣根、キャベツ畑に舞う蝶々などを、浮かび上がる映像として留めたい。そして――今、見られたらと思います。

それはかないません。しかし、朔太郎の見た、昔の映像は残っています。写真集『のすたるぢや』を作る時、若い担当さんは、スタッフの一人だったそうです。そこで、朔美さんとやり取りがあった。三十年ほど前のことになります。

明るく洒脱で、気さくなおじさまだった――と聞いています。

わたしは、NHKテレビの懐かしの番組で『名作をポケットに　寺山修司　田園に死す』を観た時、朔美さんが登場するのを観ました。真面目に語っているのですから、笑ってなどいない。

――ちょっと、こわそうだな。

と、思いました。

2

畏怖の念はありましたが、得難い機会です。担当さんに励まされ、共に、世田谷文学館に向かいました。

朔太郎に関する、さまざまな展示がある。

《月が出ているから犬が吠える》というコーナーがありました。朔太郎の言葉の書かれた白い直方体が、何本も置かれていました。自由に動かせる、言葉の積み木です。

担当さんは、それを動かし、

あなたは高貴な
草のように笑う
森の中に
生きている

さらには、

見知らぬ犬がついてくるから
手の上に土を盛り
さびしい踊りをおどる

と繋げました。

トーク開始の時刻が迫り、会場に着席します。

朔美さんは、お洒落なデザインのシャツが、全く気負いなくお似合いでした。柔らかな語り口で、『月に吠える』の最初の本、大正六年に感情詩社・白日社出版部から出た版について、話を始められました。

ここでわたしは思い出します。就職して、カメラを買った。当然のことながら、お金をかけるのは、それよりも本です。憧れていた復刻本を手に入れることができたのです。中の一冊が、初版本『月に吠える』でした。

朔太郎との最初の出会いは、中学生の時です。一冊の本として、ずっと愛読していたのは現代教養文庫から出ていた『朔太郎のうた』でした。

しかし、復刻本で見た『月に吠える』は、違った扉を開けてくれたのです。

担当さんは萩原葉子の『蕁麻《いらくさ》の家』三部作愛蔵版を作りました。表紙に、田中恭吉《たなかきょうきち》の絵を選びました。その絵を、あるべき形で見られたのです。添えられた、その絵の力もある。

そして無論、詩そのもの——例えば「およぐひと」は衝撃でした。

五行詩ですが、何と、この版の八十一ページを開いても四行しか出ていない。

　　およぐひと

およぐひとのからだはななめにのびる、
二本の手はながくそろへてひきのばされる、
およぐひとの心臓《こころ》はくらげのやうにすきとほる、
およぐひとの瞳《め》はつりがねのひびきをききつつ、

ここまでしかない。まだ、紙には余裕があります。しかし、そこから先には、何も刷られていないのです。《、》という読点で終わっている。

――どうしたのだろう？

と、ページをめくると、中央にただ一行。

おようひとのたましひは水《みづ》のうへの月《つき》をみる。

ここにいたって、初めて《。》が――句点が現れ、全体を結ぶのです。

何という見事さでしょう。

文庫本では分かりません。五行が並んで刷られているのです。しかし、

――この形で読んでくれ。

と、朔太郎はいっている。詩人は、文字の配置をも考え、これこそが、わたしの詩――として差し出しているのです。

文学作品では、初版の誤りがあとから訂正されたりする。テキストとしてそちらが優れている場合もある。しかし、活字の組み方まで大きな意味を持つ詩集の場合、初版の形でないと伝わらないこともあるわけです。

朔美さんは、わたしの気づかなかった別のところの文字列の効果について語られました。そ

のほかにも、朔太郎以外の詩人の例をも引き、興味深いことを親しみやすく語られました。授業として、まことに優れたものでした。

その内容は、いつか朔美さんが、お書きになるかも知れない。明かすべきではない。ただ、二点だけ、朔美さんの言葉ではない形で触れておきましょう。

3

詩の解釈ということでは、時の流れと共に分からなくなることがある。朔太郎の弟子、三好《みよし》達治《たつじ》の広く知られた二行詩に「雪」があります。この詩が例として出されました。

この件は、二〇〇二年に出た川崎洋《かわさきひろし》の『交わす言の葉』（沖積舎）にも出てきます。かなり前の本になりますし、多くの人が目にする本ではないでしょう。同人誌『櫂』について知ることのできる本です。手に取っていただければ——という思いと共に、部分を引かせていただきます。

最初に、「日本語を声に出して読む」と題された齋藤孝《さいとうたかし》との対談が収められています。資生堂の『WORD』二〇〇二年一月号に掲載されたものです。「雪」について語られる前に、まず、「ぞうさん」の話が出てきます。

齋藤　それで思い出したのは、「ぞうさん、ぞうさん、お鼻が長いのね」っていう歌ありますね。あの解釈をめぐって、諸説があるんです。動物園で象さんを見ている親子の会話だという説もある。それを考え抜いて「私はついにわかった」っていうＮＨＫのディレクターがいまして、それはどんな解答だったかというと、人間の親子の会話でも、象同士の会話でもないんだと。

川崎　ほう。

齋藤　どれか他の動物が象の子供にですね、「ぞうさん、ぞうさん、お鼻が長いのね」とバカにしたように言ったと。アハハハ、皆さん、呆れてますか？　それでバカにしたように言いましたらですね、子象さんはですね、それを嫌味だととらないで「そうよ、母さんも長いのよ」と答えたっていう……。その、嫌味を嫌味ととらない純真さに感動する、というね。

川崎　ああ、なるほどね。そりゃ、その人の味わい方だろうね。

「ぞうさん」の作者は、まど・みちおです。阪田寛夫《さかたひろお》は『童謡でてこい』（河出文庫）の中で《「ぞうさん」は戦後の童謡の代表作だと言われている。ひとが言うだけではなく、私もそう思う》と書いています。

今の対談中に《ＮＨＫのディレクター》の解釈が出てきますが、実はこれは、作者自身が語っているものです。あるいは、《ディレクター》がそれを読んで話し、こう伝わったのかも知れません。伝聞とは変形するものです。

阪田は『童謡でてこい』の中で、新聞の囲み記事のことを語ります。そこに、「ぞうさん」

の成立について書かれていた。それによると、これは昭和二十三年の春、貧しいまど・みちおが、子供のほしがる玩具も買ってやれないまま、仕方なく動物園に行く。《象舎は空襲で焼かれていて黒焦げなのだが、その前に詩人と長男が立って、中をのぞいてみたという》。阪田は、見えない象を見て作られたもの——として、感動をこめて語りました。

ところが、後からまどさんに確かめたところ、その記事は作られた年代から何から、新聞記者の創作だったのです。それもまたひとつの解釈ではありますが、困ったことに事実のように書かれていた。

まどさんは《とりわけ動物園へ行って象の歌を書いたと受けとめられかねないところに、不満があるらしいのだった》。

まどさんは、そんな先入観にとらわれている私に、その時、大切なことを教えて下さった。つまり、あの歌は、動物が動物として生かされていることを喜んでいる歌なのです。「お鼻が長いのね」と悪口を言われた象の子が、「一番好きなお母さんも長いのよ」と誇りをもって答えたのは、象が象として生かされていることが、すばらしいと思っているからなのです、と。——

私は「ぞうさん」の歌を、焼け跡の戦後という時代の、一番美しい部分を、一番深いところから表現していると思って、感動したのだが、まどさんの言われるように、動物が動物として生かされることの讃歌なら、時代や場所には関係なく、それは宇宙が始まって以来のいのちの本質、ものの本質をうたっているわけだった。そんな歌を、人間が動物をとじこめている動物園へ行って書いたなどと、誤解されたくない気持も、わかってきた。——すぐに分ったのではなく、それから六年間、まどさんから話を聞き、その作品を読んで、『まどさん』という評伝小説を書き上げる頃に、少し分りかけてきた。ただ暖く優しい字義通りの「ヒューマニズム」のうただとばかり思ってきた「ぞうさん」だったが、作詞者によれば、

「よく、目の色や髪の色が違っても仲よくしよう、と言われたりしますが、私はそうではなくて、違うから仲よくしようと思うわけです」

ということなのだった。五十代半ばを過ぎてひときわ頭が固くなった私に、まどさんは根気強く六年がかりでこれを教えてくださった。そのために寝こまれた日もあったと、あとで知った。

「ぞうさん」が歌われるのを聞き、どう受け止めるかは、聞くものの自由です。そうではありますが、優れた作家であり詩人である阪田寛夫が、心から敬愛するまど・みちおについて語る、この誠実な文章は、知っておいてよいものでしょう。

さて、《NHKのディレクター》の解釈を聞いた齋藤さんのお子さんの反応は、こうだったそうです。《「それを言ったのはキリンの子供に違いない」って。「長い」ってことに注目するのは、きっと、自分は首が長いのになぜ象は鼻なのかっていうことで、キリンの子供と象の子供の会話に間違いないって。(会場苦笑)》。

すばらしい感性ですね。《長い》という共通性を持つ、同じものを抱えているから会話になるわけです。《そうよ　かあさんも　ながいのよ》が、キリンの子の胸には、水が染み入るように届く。

ここは会場の皆さんに、大きくうなずいてほしいところです。

4

続いて、三好達治の「雪」の話になります。萩原朔美さんが、時代の変遷と共に、詩が以前のように受け止められなくなることもある――と、あげられた例です。

川崎洋もまた、話していました。近頃の若者は――といいたくなるところですが、二十年前の言葉です。

川崎　だから、いろいろ想像できるところに詩の楽しさがあるわけですね。三好達治の「雪」って詩もね、「雨ニモマケズ」に負けないくらい知られた詩だと思うんですが、これが何年前だったか、ある美術大学の入学試験に出た。この詩を6つの絵コンテで表わせって。この時ですね、「太郎を眠らせ、次郎を眠らせ」っていう、その「眠らせ」を「殺す」っていう意味にとった受験生がかなりいた。カインとアベルみたいに、太郎が雪の上で次郎を刺す。で、次郎が太郎を刺す。二人とも血を流し、倒れる。血まみれの二人の上に十字架が立って雪が積もってる。（会場大爆笑）そういう絵を描いたのがね、一八〇〇人中一〇〇人くらいいたと。

三好達治の「雪」もまた、復刻版『測量船』で読み、わたしが、もともとの詩集の形の、訴える力を思い知った作品です。

本を開くと巻頭に、「春の岬」。二行詩です。

春の岬　旅のをはりの鷗どり
浮きつつ遠くなりにけるかも

めくると、教科書でおなじみだった「乳母車」が、

母よ――
淡くかなしきもののふるなり

と、始まります。それが三ページ。終わったところの左に「雪」が、ひっそりと待っているのです。展開の仕方が、作品の大事な要素になっている。

これを見てしまうと、文庫本のページにずらずら並んでいるのを読んでも仕方がない――と

思ってしまいます。

太郎を眠らせ、太郎の屋根に雪ふりつむ。
次郎を眠らせ、次郎の屋根に雪ふりつむ。

二行詩ですが、二行では終わらない。太郎、次郎……という並びは、我々の頭に、三郎、四郎と続く名前の列を思わせます。雪に降りこめられた家々が浮かぶ。屋根をふんわりと、しかし重く覆った雪。それぞれの家に日本の子供たちが眠っている。さらに休むことなく、闇の中に白いものが舞い降りて来る。

《我々》といいましたが、かつては誰もが――といえなければ、多くの人がそういう情景を思い描いたことでしょう。しかし言葉の呼び起こすものは、時と共に変わって行く。《我々》ではない世代が《眠らせ》さらには、《太郎》《次郎》という語から同じ響きを聞き取れないのは、あり得ることです。

齋藤はさらに、《この詩について子供に聞くと、何人か必ず、「太郎と次郎は犬だ」って言うのがいるって(笑)。だから「太郎の屋根」っていうのは犬小屋の屋根なんだって》という解釈例もあげています。

《子供に聞くと、何人か必ず》――と、いわれると、大人が入国許可証を持たない国がそこにあるように思えてきます。

しかしこれは、二十年前の言葉です。それが、映画になった南極に残された犬からの連想なら、そのこと自体がすでに過去のものです。となれば、《犬だ》はもう、あまり出て来ない解釈かも知れません。

読み手は、それぞれの立場で受け取る。日本人と外国人では、虫の声を風情あるものと聞くか、雑音と思うか、分かれるといいます。逆の例もある。中条省平《ちゅうじょうしょうへい》は『春風目録新聞』（春風社）に連載した「翻訳ピンチ！」の中で、こういっています。《プルーストだったか、詩的な場面に「セイタカアワダチソウ」が出てきて、えらく雰囲気をぶち壊してましたが、フランス語では gerbe d'or、「黄金の束」ですからね》。その世界では言葉はそう響く。同じことが、個人個人に対してもいえるわけです。人は皆、それぞれの国を持つ。それぞれの国は、それぞれの歴史を持つ。

しかし、言語感覚というのは、間違いなく成長、経験によって、日々、育つものです。赤ん坊の時から、言葉をしゃべっている子は一人もいません。

キャッチボールを繰り返すことにより我々は、難しい球を受けられるようになっていく。そして、受け止めることの妙味が分かるようになる。

明治大正昭和の、あるいは平成の詩だけの話ではない。はるかに遠い万葉の調べさえ、それによって今も、我々の胸に響くことがあるのです。

5

萩原朔美さんは、吉増剛造《よしますごうぞう》の例をあげ、遠い二つの言葉の響き合いが詩を生むことについても語られました。

さて担当さんは、高校時代、教科書で出会って以来、西脇順三郎《にしわきじゅんざぶろう》の詩に魅かれています。

そこで帰り道、

「西脇が、お好きでしたよね」

と、聞きました。

「はい。出会った時、ここに永遠がある——と思いました。理屈ではなく、そういう直感です。不思議な光景の向こうに、自分が見晴るかす何かも、合わせて感じました」

担当さんは、女子高生のような目になり、憧れと希望を感じさせてくれる詩だったと語ります。

「——わたしを、わくわくさせてくれる言葉でした」

「その西脇ですが、慶応で教えていた時、窓の外を見ながら、急に《薔薇はパンである》などといったそうです」

「おお。——詩人かよ、と思いますね」

「うちの父は戦前、慶応で西脇や折口信夫先生の授業を受けました。——西脇先生の授業の時、ちょっとだけ遅れました。出席を取り始めている。そこに入って行った。ちょうど名前を呼ばれたところだったそうです。あやういところで間に合った」

「ぎりぎりセーフですね」

「はい。西脇先生は、なかなか難しい課題を出したりもしています。恩師の一人です。そこで、わたしは父のことを書く時、西脇先生についても調べました。——山本健吉《やまもとけんきち》が父と同じ頃、慶応の学生でした。授業のことを書いています」

山本の「存在のをかしさ」という文中にありました。原文を引けば、こうなります。

慶応大学予科生のころ、私たちのクラスの担任教師は西脇先生であった。先生はあまり生徒たちの顔を見ながら講義されない。どうかすると、窓の外の銀杏の木や芝浦の海を見ながら、プラトンの『国家』を講読されたりする。あるいは突然、「バラはパンである」といった難解な言葉を発せられる。たぶん、関係の遠いものの連結が詩であるということを、悪童たちに説かれたものらしい。

また、「西脇順三郎における「人生的」」という文中には、こうあります。西脇は《シュルレアリスムの紹介者であって、シュルレアリストではないと、そのころからはっきり言っていた。氏は「予期しない結合」を詩の重要な要素だと言》っていた。そして《シュルレアリスムの詩は多くグロテスクであり、それに反して、西脇氏の詩の世界はすこぶる古典的である》と。

担当さんに、そのことを話し、

「――西脇が《古典的》というのは、頷ける言葉ですね。大事なのは、それでいて明るく、古めかしくない、ということです」

「はい」

「――その大詩人西脇順三郎が、若き日、イギリスに留学した時、ただ一冊持って行った日本の詩集があるのです。何だと思います」

「さあ……」

「『月に吠える』なんですよ」

「おお」

ここで、萩原朔太郎と繋がった。

「そこで質問。三択にしましょう。西脇順三郎は、ロンドンで繰り返し『月に吠える』を読みました。さて、①泣きながら――読んだでしょうか、②笑いながら――か、それとも、③悔しがりながら、だったか」

駅に着き、電車に乗りました。担当さんは、

「そうですね。③でしょうか」

してやったり。

「答えは意外な方が面白い。実は、②なんです」

「笑いながら……？」

「はい」

これもまた、山本健吉が書いているのです。

「朔太郎・順三郎・ウィット」という文章です。

萩原朔太郎の詩を読んでいると、おかしくておかしくて、笑いながら読んだ、と言ったのはわが師西脇順三郎氏であった。六年ほど前の私との対話『詩のこころ』の中で言われた。もちろん氏は、詩の本質をウィットに見ているから、外にもどこかで同様のことを発言していられるであろう。

まだ若いころ、西脇氏の友人に福原路草《ふくはらろそう》という俳句作りがいた。その路草と二人で、『月に吠える』を読み、一緒に大いに笑ったという。この路草という人、資生堂社長の次男で、だいぶ前に死んだそうだが、西脇氏の詩を語る上では、忘れてはならない人のようだ。氏が大学を出て、イギリスへ留学する時、路草は「お前これ持って行け」と言って、『月に吠える』を氏にくれたという。おそらくロンドンの客舎で、座右に持っていた唯一の日本語の詩集は『月に吠える』である。氏は当時、英語やフランス語の詩集に興味を持ち、英語やフランス語で詩を書きながら、朔太郎によって日本語の詩に初めて興味を覚えた。朔太郎の詩を身を入れて読んだのは外国に住んでいた時で、萩原朔太郎という偉大な詩人が日本にいるという印象が強く残った。『月に吠える』を友人路草に貰ったのが幸福の初めで、詩は「これだ」と思ったと、氏は書いている。

笑った——というのは、最大級の評価なのですね。『月に吠える』について、何より西脇順三郎について、多くを教えてくれる文章です。

朔太郎の詩の受取り方はいろいろあるが、その中で西脇氏の受取り方の特異さを言えば、一つは氏は朔太郎の詩以外の日本の詩を誰一人読まなかったこと、言いかえれば朔太郎の詩がすべてであり、外の詩人を読みたいとは少しも思わなかったこと。もう一つは、朔太郎の詩を少しも生真面目、深刻に受取らず、おかしくておかしくてしようがないという読み方をしたこと。誰も西脇氏のように、朔太郎の詩を笑いながら読まなかった。すでに朔太郎論や朔太郎研究はうずたかく積み上げられているが、私が読んだかぎりその大方は朔太郎の詩をいよいよ重苦しく深刻に突っつきまわしているようなのが多く、詩を読む面白さから遠い。

山本が若き日に読んだのは朔太郎と室生《むろう》犀星《さいせい》。北原白秋《きたはらはくしゅう》の『邪宗門』は修辞過剰に思え、受け入れられなかったそうです。

犀星の詩は心に沁み通ったが、面白いのは朔太郎。山本もまた、《朗誦しながら私はしばしば声を出して笑った》といいます。

西脇氏の言うウィットの力は、朔太郎の詩は抜群であった。それは一瞬にして存在の本質を見とめ聴きとめ言いとめるような言葉の生命力に、朔太郎の詩句が輝いていたということだろう。「存在のさびしさ」ということを西脇氏はよく言い、詩の根源の発想をそこに置いているが、さびしさとかあわれとかいう言葉が感傷的にきこえるなら、それは「存在のをかしさ」と言ってもよいのである。その方が詩語の中にただようからりとした諧謔をよく言い取っていよう。

そこから「西脇順三郎における「人生的」」に引かれる西脇の言葉に繋がります。哀愁とおかしみが《一つの稀れな存在》を形作る。

おかしみをかくし、哀愁をかくして、なおおかしみと哀愁とがにじみ出ているような世界が私の考える詩の世界だと思う。このように矛盾が一致する世界が詩だと思う。どう人生を考えるかというのでなく、詩はどう人生を考えないふりをするかということである。人生を考えることをかくすのが詩の世界であるが、人生を考えないという意味ではない。

6

こういう西脇先生の、そして勿論、折口先生の授業を受けられた父は幸せでした。前述の通り、その日常を『いとま申して』三部作の中に描きました。

前章で触れたことにつづいてわたしの作中、訂正しなければならない二点目は、折口先生が、五・一五事件の起こる年——昭和七年二月五日、十二日、十九日、三月三日の四回にわたって行った課外授業、研究会のテキストの件——なのです。『慶應本科と折口信夫　いとま申して2』の第七章に書きました。

久保田万太郎《くぼたまんたろう》の『ももちどり』を素材にし、それを学生が、それぞれの地方の方言で読んでみる——という授業です。父は、この試みを大変面白がっています。

久保田万太郎は慶応出身、慶応で作文を教えていたこともあります。まことに自然な、テキストの選択です。最終日の三月三日には作者の万太郎自身も顔を見せています。

ただ、父の日記を読んでも、この頃の折口を知る基本資料、慶応における折口の番頭役、波《は》多《た》郁太《いくた》郎《ろう》の日記を見ても、使われたのは、『ももちどり』——としか分からない。久保田万太郎には限定版句集『もゝちどり』があります。これだと思いました。ところが調べてみると、その刊行は昭和九年なのです。間に合わない。

同じ題の小説や戯曲もありません。そこでわたしは《おそらくは、句集にする前段階の、原『ももちどり』といったものが使われたのだろう》と書き、例えば——として、その句集にある、

七月二十四日
芥川龍之介仏大暑かな

を引きました。そして、各地出身の方に聞き、

大暑じゃのう（広島）
大暑やのう（大阪）
大暑だじゃあ（八戸）

などという、異なる土地の言い方を並べてみました。そうとしか、考えられなかったのです。
ところが時が流れ、文藝春秋で『オール讀物』について回顧する鼎談が行われることになり、それに参加する運びになりました。めったにない機会です。大部の目次のコピーを見ていった時、昭和七年一月号で、わたしの手が止まりました。

――『もゝちどり』

という題名が、目に飛び込んで来たのです。作者は、久保田万太郎。

――そんな馬鹿な。

と、思いました。
文学全集にある万太郎年譜を見ても、昭和七年には《一月から「あしかび」（オール讀物）を連載、四月完結》と書いてあるだけでした。
『久保田万太郎全集　第三巻』（中央公論社）「あしかび」の説明を確認してみました。すると、

めくった次のページに《原題「もゝちどり」》と書かれているではありませんか。なんと、後から改題されていたのです。

だまされたような気がしました。

こう始まっていました。

……くひものやのあるじが、夜、てめえのところで飯をくふやうなこつてそこのうちの野《の》立《だ》つわけがねえ、といふのがおやぢの憲法なんで、そも〳〵の。……だから灯火《あかり》がつくと、あとは職人まかせの、銭箱から銅貨だけ残して札《さつ》と銀貨をみんな摑みだし、それを腹掛のどんぶりへ突ッ込んでさッさと出て行きます。

皆が、これを次々に、方言で読んでいったわけですね。テキストの正体はこれでした。まことにお恥ずかしい。お詫びしておきます。

書き手の義務として、分かったことはお伝えしたく、ここに記した次第です。

7

文学館での萩原朔美さんのトークから連想されたのが、前述の『交わす言の葉』です。そこには、川崎洋と歌人の小島《こじま》ゆかりの対談「ことばの表現力」も収められています。

萩原朔太郎の擬声語の魅力について、川崎が《古い柱時計の鳴る音を、「じぼ・あん・じゃん」とか》というと、小島は、

私は木下杢太郎《きのしたもくたろう》の詩の「じいん・かっくう」という表現が好きなんです。いかにも感じが出ていて。

と、応じます。この言葉がわたしの思いを、ある映画へと運びます。

映画から手品

歌人の小島ゆかりは、川崎洋との対談「ことばの表現力」の中でいいます。

私は木下杢太郎の詩の「じいん・かっくう」という表現が好きなんです。いかにも感じが出ていて。

時計の音を、擬声語で表すと——という話の流れから、《じいん・かっくう》が出て来ました。

こういわれると、書棚に向かうことになる。杢太郎なら、日本近代文学館から出た『食後の唄』の復刻本を持っています。

表紙の角を切り落とした、洒落た小型の本です。復刻本の解説によれば、表紙には、桟留縞の布地の模様を刷っている。

桟留縞——といわれれば、すぐに北原白秋を思います。高校時代、幾つかの詩を覚え、暗唱していましたが、中のひとつが白秋の「邪宗門秘曲」。

われは思ふ、末世の邪宗、切支丹でうすの魔法。

と始まる言葉の列は、麻薬のようでした。中に《南蛮の桟留縞》という言葉があった。忘れられない。高校生には、その音だけあればいい。説明などは余計でした。《さんとめじま》という響き――それでよかった。今、『大辞林』を見れば、それはサントメから渡来した布で、細い縦縞が主だと書いてある。

——サントメ？

何だ、それは。サントメの正直か、といいたくなりますね。

布地関係の本なら、書棚に何冊かあります。中でも、日本和装教育協会が出した『染織標本集　上・下』は楽しい。まさに《標本集》なのです。切られた布地見本が、実際に貼ってある。触れるのです。いいでしょう。神保町では、こんな本も買えます。

めくっていくと、《唐桟《とうざん》》のところで、美しい縦縞の布《きれ》に出会えます。唐桟は、落語などでも、登場人物の衣服の説明に、よく出て来ます。ちょうど別件で開いていた、ちくま文庫『志ん朝の落語5』にある『茶金《ちゃきん》』という噺では八五郎が、《唐桟の着物に紺献上《こんけんじょう》の帯を締め》て現れます。江戸の町民の、普通の服装でした。

『染織標本集』によると、《唐桟》は、唐桟留の略であり——桟留縞ともいわれるようです。

サントメ縞というわけは《インド東岸の海港サントトーマス》から、と書かれています。サント・トーマスといわれても、実はちんぷんかんぷんですが、魔法にかけられたように、

——ああ、そうだったの。

と、納得してしまいます。

はるか昔から持っている、源流社から出た北村哲郎《きたむらてつろう》の『日本の織物』を開くと、《唐桟》の例として、東京国立博物館にある《唐桟寄裂《よせきれ》羽織（部分）》が見られる。江戸期のもの。いくつかの布を、はぎ合わせたものです。

『食後の唄』表紙についての解説には《濃紺地に幅三㎜の褐色の棒縞を約一㎝間隔に七本縦に入れ、その間に細い黄線を三筋流した》と、克明に書かれています。

言葉は詳しいけれど、イメージは、しにくいでしょう。

ここで、驚きます。

実は、この表紙の模様と、『日本の織物』にある《唐桟寄裂羽織》の上の方の縞模様が同じなのです。

書棚にある、『食後の唄』と『日本の織物』が、手をつないだように思えます。並べて、お見せしたいですね。

『食後の唄』の装丁者は、奥付で小糸源太郎《こいとげんたろう》となっています。しかし、解説によれば実質的な装丁者は、著者自身だったようです。表紙はこの模様——と、決めたのは杢太郎でした。

うれしくなりますね、杢太郎が《唐桟寄裂羽織》か、あるいは同じ模様の布を見て、

——これだっ！

と目を見開いた。その瞬間が、見えるようです。

本というのは、ただの情報の手段ではない。さまざまな巡り合いがあって形をなす、言葉の器なのです。

2

この詩集『食後の唄』の場合、どちらかといえば横溝正史の『悪魔が来りて笛を吹く』の、題名の元になったのが、ここに収められた「玻璃問屋」だという、それで話すことの多い本でした。

空気銀緑《ぎんりょく》にしていと冷《ひや》き
五月の薄暮、ぎやまんの
数々ならぶ横町の玻璃《はり》問屋の店先に

の後に続く一行は、横溝の題の方があまりにも有名になってしまったため、声に出して読みあげても、首をかしげられるでしょう。

一方小島がいったのは、「五月の頌歌」という詩です。

さういふ五月が街に来た――

珍らしくも梅雨が霽《は》れ、
重々しい灰色の雲を透かして太陽が
銀座の角の時計屋の窓の硝子を射とほした。
じいん・かつくう……

さて、『食後の唄』の表紙が、江戸のはぎ合わせの布と繋がったように、わたしは、ここで、はるか昔、父と観た映画を思い出しました。

映画ファンである、博覧強記のプー編集長に、試しに聞いてみました。

「さて、その映画は何でしょう？」

編集長は、うっと身を引き、

「ヒントが少な過ぎますな」

「そう、おっしゃらずに」

「うーん。昔のことだから、白黒映画でしょう。時計……和光の時計塔が関係？」

「さあ、どうでしょう」

「まさか、『ゴジラ』じゃないでしょうから、『銀座二十四帖』とか……ちなみに、『銀座二十四帖』の主題歌は森繁《もりしげ》の『銀座の雀』ですよ。作詞は野上彰《のがみあきら》。川端《かわばた》の盟友です。最近新潮文庫に入った表向き川端訳の『小公子』は事実上、野上の訳で……」

「マニアですねえ」

感心してしまいます。

「いや。探求心強き編集者です。……さて、和光の時計塔は、小津《おづ》でも、日活無国籍でもよく出て来るからなあ。ひねってロイドの『要心無用』……」

ハロルド・ロイドが、ビルを登って行き、時計の針につかまって、ぶら下がる、有名なシーンがあります。その時の傷あとは、ロイドの手のひらに、ずっと残っていたそうです。

「いや。そう深く突っ込まなくてもいいんです。ごく当たり前の、誰でも観ている名作です。時計屋の時計が《じいん・かつくう》と鳴ったんです」

「ほお」

「つまり、これは、カッコー時計ですよね。鳥の鳴き声が、時を知らせる。日本では、一般には、カッコー時計といわず……」

「おお。……鳩時計ですか！」

となれば、答えはひとつです。

3

うちにテレビが来たのは、小学校高学年の頃でした。

『更級日記』では、作者が読みたい読みたいと憧れていた『源氏物語』を、ついに手に入れたところで《はしるはしる》という古語が出て来ます。記憶に残る言葉です。解釈としては、《今までとびとびに読んでいた》という説と共に、《胸をわくわくさせながら、車を走らせ》もあるといいます。

――うちに帰れば、テレビがあるんだ！

と思ったあの日。学校から家まで急ぐ時の気分はまさに、後の方の《はしるはしる》でした。がらりと戸を開け、うちに飛び込んだのに、母はテレビをつけていない。家事をやっていました。大人の対応です。やたらに観るものではない――という判断があったのでしょう。

やがて、観てもいないテレビ番組を流していても平気な時代になり、さらに今、若者の関心はネットに移っているといいます。

しかし、わたしは、テレビが魔法の箱であった時代に育ちました。

都会育ちの人の書いたものを読むと、小さい頃から、よく映画館に行っている。わたしにとって映画は、年に数回、観られるかどうか――というものでした。

それが、うちにいて観られる。夢のようでした。

テレビが来てから間もない頃、ゲイリー・クーパーとグレース・ケリーの『真昼の決闘』を、日曜日の午前中、前後編の二回に分けて、放送してくれました。よく覚えています。

父は生真面目を絵に描いたような人柄でしたが、日曜日になると、昔はよく東京まで、息抜きの映画鑑賞に行っていました。知識があった。そのレクチャーを受けながら、観ました。夏のことでした。

さらに、冬の夜には、名画中の名画をやってくれました。――『第三の男』。

楽器の弦の揺れと共に始まる冒頭。そこだけでも、傑作の匂いがしました。大写しになった楽器がチターというのだと、父が教えてくれました。さらに、

――映画のラストシーンは、普通、去って行く人物になるのだけれど……。

と、結びの有名な場面についても語ってくれました。

中でも印象的だったのが、観覧車で語られる、オースン・ウェルズ演じるハリー・ライムの言葉。父は、いいました。

――悪の哲学だよ。

その台詞が、小学生の耳にカッコヨク響きました。

わたしには、小学一年から、いまだに付き合いのある友が近所にいます。後にＮＨＫの大きな役職につき、大相撲千秋楽で、優勝力士にＮＨＫ杯を渡したりすることになる――彼に、そんな将来が待っているとは誰も知らない。いつも、二人で並んで登校していました。

歩きながら、早速、話しました。その場面のことです。

「ハリー・ライムは、こういうんだよ。——戦乱に明け暮れたイタリアはルネサンスを生み、ダ・ビンチを生んだ。三百年間、平和を守り続けたスイスは何を生んだ？　——鳩時計さ」

4

父と共に観たテレビ。

白黒の小さな画面が、記憶の中に大きく広がり、『第三の男』のテーマが鳴り響きます。そして、《——鳩時計さ》という台詞。

木下杢太郎の詩の中で《じいん・かつくう》と鳴るのは、カッコー時計でしょう。

映画に詳しい友に聞くと、

——『第三の男』のあれね。オースン・ウェルズは、カッコー時計といってるよ。

こういう時に頼りになるのは、和田誠の『お楽しみはこれからだ』。国書刊行会から新版が出ています。

ありました、ありました。『第三の男』のところに、こう書いてある。


「イタリーではボルジア家三十年の圧政の下に、ミケランジェロ、ダヴィンチやルネッサンスを生んだ。スイスでは五百年の同胞愛と平和を保って何を生んだか。鳩時計だとさ」

名セリフ中の名セリフ、「第三の男」はハリイ・ライムの発言。

　グレアム・グリーンの小説にこのセリフはない。これはオースン・ウェルズのアイデアなのだという。


　三百年——ではなく五百年の平和だったんですね。言葉を愛する和田らしく、左ページのウェルズの絵には、この原文が十二行にわたって記してあります。和田にとって、それだけ特別な言葉なのですね。結びのひと言は、確かに《The cuckoo clock》となっています。

　あちらでは、カッコー時計。日本では鳩時計なのですね。これを《名セリフ》ということに、抵抗を感じる方もいらっしゃいました。スイスを愛する方は、ことにそうでしょう。しかし、これは製作者の主張ではありません。終戦直後、四国により分割統治されているウィーンと、世界の混沌を示すものです。そしてこれをいった男は最後に下水道で射殺されるのです。

　さて、《かつくう》という音が蝶番《ちょうつがい》となり、わたしの頭の中で李太郎の詩と『第三の男』が繋がり、右と左に広がりました。

　その蝶番がさらに父とも繋がったのが、わたしには、嬉しい。

5

　こういうことなら、ほかにもあります。

ＮＨＫでは、野球好きにはたまらない『球辞苑』という番組をやっています。様々な切り口から、野球という競技の妙味、深さに迫っていきます。

中に『バスター』という回がありました。バスターとは何か。『大辞林』にも出ていますから、それを引きましょう。

野球で、打者がバントの構えから強打すること。〔日本語の独自用法〕

野球放送を観ていれば、ごく普通に耳にする言葉です。「ここはバントでしょうか。あっ、打ちました。バスターでしたね」などと。

この番組を観るまでは、それが、《ナイター》などと同様、日本だけで使う言葉とは知りませんでした。『球辞苑』では、《アメリカでは、スラッシュ（切り裂く）・バントあるいはフェイク・バント》というと説明していました。

では、それがどうして《バスター》などといわれるようになったか。

さて、昭和四十二年といえば、一九六七年。わたしは高校三年生になりました。父はわたしに、

「これは、行くべきだ」

と、アートシアター系で上映している、セルゲイ・エイゼンシュテインの『戦艦ポチョムキン』を観るようにいいました。お金を出してくれるのだから、こんなありがたいことはない。

映画を語る上で、観逃すわけにはいかない。喜んで、出掛けました。

そんな年、読売ジャイアンツが、アメリカ大リーグ、ドジャースのベロビーチキャンプへと向かいました。

ジャイアンツのヘッドコーチ、牧野茂《まきのしげる》がドジャースの練習を見ていると、

「おお、バスター！」

という声が聞こえた。

バントすると見せて、ヒッティングに出る。それを、半分ひやかし、半分ほめる言葉でした。『球辞苑』によれば、牧野がこのテクニックの名称を《バスター》と誤解した。以後、それが日本の野球界に広まった――というのです。

オーストラリアのカンガルー伝説に似ています。見たことのない動物に驚き、現地の人に、

――あれは何だ？

と聞くと、

――カンガルー。

知らない――という意味だった。以後、それが広まった――という、有名な作り話。

一方の、こちらは実話。《バスター》というのは、もともとは《やったっ！》とか、どぎつくいうなら《畜生めっ！》という叫びだった。

テレビでこの『球辞苑』を観た時、わたしの頭に打てば響くように浮かんだのは、ベロビーチキャンプの年からちょっと経ち、わたしが大学生になって読んだ、ある本の一節です。

その頃、大学の生協の書店には白水社の『新しい世界の文学』シリーズが並んでいました。中でも、特に厚い一冊がロバート・P・ウォーレンの『すべて王の臣』。鈴木重吉《すずきじゅうきち》による、本邦初訳。《独裁者の出現する過程とそのような時代や環境を背景にして示される人間の姿を描く——1947年度ピュリッツァー賞受賞作》と帯にあります。

厚い上に、二段組のこの本を書棚にさして、冬休みを迎えました。

大学に入ると、麻雀を覚えました。経験者には分かることですが、あれは覚えたては特に、やりたくてたまらなくなる。同世代にそういう連中が何人もいたわけです。大学に行っていれば、そこでやる。ところが地元に帰って来るとそうはいかない。

同じような禁断症状に陥っていた連中が、地元にもいたのですね。声がかかりました。牌があったわたしのうちで、行うことになりました。

しかし、あれは気心の知れた仲間と、わいわいいいながら、やるから楽しい。ところがその時は、親しい友は一人。後は友達の友達といった感じでした。

ただゲームをやっている、という感じでそれが、

——徒労だなあ……。

と、思えて来ました。無駄な時間を過ごしている。その時、炬燵に座った相手の肩越しに、書棚の『すべて王の臣』が目に入ったのです。

——これが終わったら、あれが読める。あのぶ厚い本の、ページがめくれるじゃないか。

その時の、沸き上がるような喜びを、今も覚えています。そこで、わたしはいったのです。

「ああ……、生きているっていいなあ……」

麻雀の途中で出た、心からの言葉に、どうしたんだよ、一体——という声があがりました。その後も幸福感に包まれたまま、ゲームを終えました。勝ったか負けたかは、覚えてはいません。

皆が帰った後、一人になって部屋で、その本、『すべて王の臣』を開きました。

——腐敗した政治を改革しようという情熱に燃えるウィリー・スターク。幾多の苦難の末に、ついに州知事となる。ところがその彼自身が、いつしか、絶大な権力の持つ魔性に捉えられていく。

語り手は、ジャック・バードン。新聞記者でしたが、ウィリーの人柄に魅せられ、その陣営の一員として行動するようになりました。物語は、ウィリーの一行が、炎熱の道を車を走らせているところから始まります。

運転しているのは、シュガー・ボーイと呼ばれる小男。トラックと馬車の間を猛スピードで擦り抜けるような、きわどい運転をします。

しかしボスはそれが大好きだった。いつもシュガー・ボーイといっしょに前の席に掛けて速度計や前方の道路を見ていて、螺馬《らば》の鼻先とガソリン・トラックの間をすり抜けてしまうとシュガー・ボーイににやりと笑いかけた。するとシュガー・ボーイの顔がぴくぴく痙攣するのだった。言葉が心に積み重なってうまく出て来ないときはいつもそうだった。それからやっと、「ブーブーブーブー」と音が出て唇から唾が噴霧器から出る殺虫剤のようにしぶきとんだものだ。「ブーブーブーブァスータド（畜生）――おれのくーくーくーくー」とここまで言って風よけ《ウインドー・シールド》の内側に唾しぶきをとばし、「くーくーくるーのが見えたくせに」と言った。シュガー・ボーイはうまくものが言えなかったが、アクセルに足をのせると自分を表現することができた。彼は高校生の討論会でも勝てないだろうが、彼と議論したいと思う者はなかろう。彼を知っていて、腫瘍のように左の腋《わき》の下にはいっている三十八口径スペシャル拳銃のみごとな手さばきを見たことのある者ならだれ一人としてだ。

心に残る脇役というのはいるものです。というより、優れた物語には必ず、そういう人物が登場する。ブァスタド、すなわちバスタード＝バスターが彼の口癖でした。

シュガー・ボーイは、《下層の生まれのアイルランド人》。名前はオシーアンなのですが、角砂糖をポケットに入れ、いつもかじっている。そこで、シュガー・ボーイと呼ばれていました。《頬がその砂糖をしゃぶるたびにくぼむので、栄養不良の妖精のように見え》ました。この《妖精》に《レプリカーン》とルビが振ってあり、《アイルランド伝説で、主婦の手伝いをするという》と注がついています。

拳銃の話が出て来ることで分かるようにシュガー・ボーイは、ウィリーが道を踏み外すようになると、汚い仕事をこなすようになります。ウィリーに心酔し、ボスが喜んでくれるのが何より嬉しいのです。丁度、幕末の話に出て来る、武市半平太《たけちはんぺいた》と人斬り以蔵《いぞう》――岡田《おかだ》以蔵のような関係になります。

物語の最後、ウィリーを撃った暗殺者の胸を、シュガー・ボーイの銃が射ち抜く。そして彼は銃を投げ捨て、唯一無二の主人のところに駆け寄る。

シュガー・ボーイがボスにおおいかぶさるようにして泣きながら何か言おうとして唾をとばしていた。やっと言葉になった、「ひ-ひ-ひ-ひどくい-い-い-いたみますか、ボス――い-い-い-いたみますか？」

6

これだけなら、わたしもシュガー・ボーイを忘れていたかも知れません。

それからまた、何年か経ちました。わたしは就職しても、休みの日には神保町に出掛けていました。そこには、岩波ホールがあります。

『エキプ・ド・シネマ』高野《たかの》悦子《えつこ》編（講談社）によれば、ホール開きの時には、野上弥生子《のがみやえこ》が《どこにもないような独特の花園に育て上げてもらいたい》と、講演したといいます。

一九七六年の夏、ここでルネ・クレールの『そして誰もいなくなった』が上映されました。高野は《黒白の古い作品だからと、興行的には期待していなかった》といいます。

ところが初日、《岩波ホールの十階から一階まで行列ができた。若い男女は申し合わせたように、ハヤカワミステリー『そして誰もいなくなった』を小脇にかかえている》。

高野は、クリスティという名前は知っていたが、これがその代表作のひとつとは知らなかったといいます。しかも、この年一月にクリスティは亡くなっていたのですね。何という巡り合わせでしょう。《あまり観客がつめかけるので、新聞の社会面に「そしてあなたもみた」という大見出しで取り上げられたほど》だ、といいます。

ブームの波に乗った一人がわたしです。それまで、岩波ホールの前は毎週のように通っていました。しかし、神保町で目を向けるのは本だけでした。

この時初めて、そこに行き、話題の『そして誰もいなくなった』を観ました。面白かった。その後の、幾つかのテレビ版、舞台版も含めて、わたしにとっては、これが一番の体験でした。

満足したところで、次回上映作品を知ったのです。

――『オール・ザ・キングスメン』

おやおや、と思いました。『すべて王の臣』ではありませんか。これはもう、

――また、来いよ。

と、いわれたようなものです。

『そして誰もいなくなった』同様、日本初公開。秋の訪れと共に始まったそれを観、うちに帰るとすぐ父にいいました。

「観に行くといいよ」

退職した父は、非常勤で勤めていた老後の職場からも、その頃には、もう退いていました。

遊ぶことなど知りませんから毎日、一人、机に向かって本を読んでいた。昔は楽しみにしていた映画にも、今は出かけない。

心身によくない。何か、外に出る目標があれば――と思って勧めたのです。

『オール・ザ・キングスメン』と聞き、父は首をひねりました。知らなかったのです。わたしは、続けて、

「アカデミー賞を取ってるんだ。――作品賞だけでなく、主演男優賞と助演女優賞も」

「……そうなのかい？」

霧の中から浮かんで来た、意外な建物を見るような顔でした。実はこの映画、わたしが生まれた年に作られたものです。その頃、日本の主権を握っていたのは、占領軍――アメリカです。

映画の内容は、民主政治においても、独裁的政治家が民衆を煽り、権力を思うがままにすることがある――というもの。GHQはこれを、今まさに民主化教育をしている日本人に観せるのは、よろしくないと判断しました。

以来、これは銀幕の向こうに眠っていたのです。

翌週、わたしは父と一緒に神保町に出掛け、岩波ビルの地下にある店で食事、上のホールまで案内しました。切符を買うところまで説明し、そこで分かれました。わたしは、古書店巡りをして帰りました。

遠足から戻る子供を待つ思いでいると、父はご機嫌で帰って来ました。そして、いったのです。

「あの、ボディガード役の小男がいいな」

7

アカデミー主演男優賞のブロードリック・クロフォードでも、助演女優賞のマーセデス・マッケンブリッジ（余談ですが、この人、『エクソシスト』の悪魔の声をやっているそうです。ブルブル）でもなく、父は、ほとんど台詞のない、権力者の後ろからちらりと顔を見せる彼のことをいった。

同感でしたから、とてもうれしかった。

配役表を見ても、カタカナになっては出ていない。横文字の一覧で初めて《Walter Burke》と分かる。しかし、

――シュガー・ボーイというのは、こいつか。

と、納得させてくれました。ひねくれた笑顔、時に見せる危ない表情。監督は、『ハスラー』で記憶に残るロバート・ロッセン。彼は、この役者を選んだのです。

『オール・ザ・キングスメン』は、後に、ショーン・ペン、ジュード・ロウ、アンソニー・ホプキンス、ケイト・ウィンスレットという豪華極まる配役でも作られています。

長大な原作ですから、どこを切り捨て、どう再構成するかで印象は変わる。観る人により評価は分かれるでしょう。しかし、わたしには、一九四九年版の方が心に残ります。

モデルになっている州はルイジアナですが、河のある土地という感じ、車をフェリーに乗せて越えて行く、その度に運命が変転して行く様子など、白黒画面ならではの訴える力があります。

新しい版のシュガー・ボーイは、仕方のないことですが台詞も含め、より普通で、昔のアイルランド人街で、大きな子供たちにいじめられ育って来たと感じられない。無論、ロッセン版でもそんなことは語られません。しかし、存在がそれを感じさせるのです。

シュガー・ボーイにはおそらく父親がいない。仕える知事、ウィリー・スタークが彼にとっては失われた父性そのものだったのでしょう。

父もわたしも、シュガー・ボーイの哀しみと孤独も含めて、この映画を受け止めました。バスターという言葉が、それを思い出させたのです。

映画は、エンドマークの出たところで完結する。小説『すべて王の臣』には、その後にも心に残るいくつかのことがありますが、それはまた別の話です。

ところでわたしは、この訳題を、『すべてが王の臣』のように受け取り、全員が支配される——強大な権力者が人民を意のままにする、という意味だと思っていました。しかし、和田誠の『お楽しみはこれからだ　PART6』には、『オール・ザ・キングスメン』について、

この題名はマザー・グースからとられている。塀の上に坐ったハンプティ・ダンプティが落ちて割れてしまう。王様の家来がみんな集まっても、もとに戻せない、という詩ですね。

と、書かれていました。権力の腐敗と崩壊をいっているのですね。塀の上のハンプティ・ダンプティとは卵。

となれば、『すべての王の臣をもってしても』と訳さないといけない。それでは、長すぎる上に『マザー・グース』を知らなければ分からない。

横文字そのままの映画題名には味気ないものが多い。しかし、この場合にはやむを得ないのですね。

ちなみに和田誠が訳し、櫻井順《さくらいじゅん》が作曲した『オフ・オフ・マザー・グース』『またまた・マザー・グース』というCDがあります。二枚で百二十曲を、曲にあった百二十人（正確には複数が担当している曲もあるので、それ以上になります）が唄っているという大変なものですが、「ハンプティ・ダンプティ」の担当は時任三郎《ときとうさぶろう》。和田訳の最後は、こうなります。

王さまの家来
馬にのった部隊
誰もハンプティをもとにもどせない

8

岩波ホール、次の上映は、ジャン・ルノワール監督の『大いなる幻影』。父と一緒に行きました。

その上映期間中に主演俳優、ジャン・ギャバンの訃報が伝えられ、大きな話題になりました。以降は、それぞれ、別々に岩波ホールを訪れることになります。大人二人ですから、当然のことです。

わたしは、高校生になった頃、『市民ケーン』をまず、台本で知りました。アートシアターで父の買って来るパンフレットに、脚本がついていたのです。それを読んだのです。

——何て見事なんだ。

と舌を巻きました。

まず台本から入った——という観客は珍しいでしょう。ほかにも、ベルイマンの『野いちご』や、エイゼンシュテインの『イワン雷帝』を読みました。今も書棚に残る『イワン雷帝』のパンフレットには、父の、

エイゼンシュテインは、ほんとうに映画の好きな人だ。ソ連の政策などより、映画そのものが好きでしかたなかった人だ。歌舞伎手法が取り入れられている。

という、鉛筆の書き込みがあります。そういう文字の列を見る時、ほかならぬ父自身が、本当に映画が好きだったのだ——と思います。

父は、岩波ホールを知り、

「いいところを教えてもらった」

と、喜びました。

その顔を見ると、

――ああ、『そして誰もいなくなった』の時、すぐに教えてあげればよかったなあ。

と、思いました。

ルネ・クレールの映画なら父も関心を持ったろうに、どうしてそうしなかったのか。わたしに、

――『戦艦ポチョムキン』を、観に行け。

といってくれた父なのに。

過ぎたことは取り返しがつかない。父に、少しでも多くの充実を与えられたのに、それをしなかった。

後悔は、わたしにとって、小さいものではありませんでした。

思い出すのは、岩波のビルの地下にあった洋食の店です。埼玉から出て来ると、お腹が空く、

――ここで食べて、映画に行くといいよ。

それが便利だから、とわたしは教えました。父は、その通りにし、何度か同じ定食を頼んだ。

すると、店のお姉さんが顔を覚えた。お愛想のつもりの、全くのご好意から、

「こちらが、お好きなんですね」

と、にっこり笑った。

帰って来た父は、わたしに、

「もう、あそこには行かない」

親子だなあ——と思います。わたしには、その気持ちがよく分かる。

わたしも、隣の市のデパートで、何度か牡丹餅を買ったことがあります。すると、何回目かの時、

「お好きなんですね」

と、いわれた。父ほどではありませんから、笑みを返しました。しかし、そこには二度と行きませんでした。

どうして——といわれても、嫌なものは嫌なのだから仕方ありません。

無論、平気な場合もありますが、時にはわたしの内に、父が降りて来ます。

その後、何本もの映画を、岩波ホールで観ました。父は、アンゲロプロス監督の『旅芸人の記録』に感銘を受け、わたしにも観に行くようにといいました。

類い稀な名作——という評は新聞にも出ていました。しかしながら、不肖の息子であるわたしは、四時間という上映時間の長さに圧倒され、敬遠してしまいました。一方で、老齢になりながらも、それだけの時間、映画と向き合える父を、

——たいしたものだなあ。

と、思いました。

その岩波ホールも、二〇二二年七月二十九日に、閉じられてしまいました。

9

父が、教職のかたわら、力を入れていたのが民俗学の研究です。

昭和十三年から沖縄の地で行った民俗採集の記録は、大きな価値を持つものでしょう。

中でも論文「国頭村《くにがみそん》・安波《あは》のシヌグ」（これが原稿の最初のタイトル）に付された写真は貴重なものです。祭は当時、すでに二十数年来、本来の形では行われていなかった。かつて参加したことのある小学校教員山川武雄氏、青年上原盛三郎氏を、見つけました。お願いして祭における《神》の扮装を再現してもらい、記録に残したのです。全身を木の葉で覆った異形です。

わたしがこの写真を最初に見たのは、子供の頃ですが、この世ならぬ姿に強い印象を受けました。

これに柳田國男《やなぎたくにお》が関心を示し、《写真は、是非、借りたい》といいました。

この論文は、昭和二十七年、雑誌『民間伝承』に載り、さらに昭和四十六年、平凡社から出た『沖縄文化論叢3　民俗編Ⅱ』に再録されました。

父がいなければ残らなかった記録であり、資料です。

わたしが、小学生だった昭和三十六年、平凡社の大ベストセラー『国民百科事典』、全七巻の刊行が始まりました。父が買ってくれました。一冊、一冊が届くのが楽しみでした。ページから、さまざまな知識が溢れ出て来る。

その「りゅうきゅう」の項に、父の写真が使われていたのです。《シヌグ祭（海神祭）に木の葉をまとい、神に仮装した青年（沖縄本島国頭村）》と説明が付されています。

ただ行って、やっている姿を撮って来たようなものではありません。しかし、採集者である父——宮本演彦《みやもとのぶひこ》の名はどこにも記されていません。

父は、兄弟を全て胸の病いで失ったせいで、極端な潔癖症になっていました。職場から帰って来ても、脱脂綿に染ませたアルコールで指を拭いたりしていました。それなのに、沖縄の民俗収集の時には、野宿をして厭わなかったといいます。そんな父でした。

母は、『国民百科事典』のこのページを見て、《人がいいから》と何ともいえない哀しい顔をしました。

10

父が亡くなった後、遺品の中に、この写真のガラス原板がありました。フィルムに慣れた目には、いかにも古めかしいものです。横文字の書かれた、昔の袋に入っています。

今も取ってあります。

また父は、那覇のユタ——霊能力者の女性、久場《くば》カマドが、憑依しての「神がたり」を残しています。

これはありがたいことに、國學院大學兼任講師、伊藤高雄《いとうたかお》氏によって活字化されました。

父はカマドが描いた、門外不出の神々の図を、残したいと思いました。紙や絵具を用意しておき、出掛けました。絵を、頭の中の記憶の箱に入れ、戻るとすぐ描きました。《実物大ニテ略《ほぼ》、真ニ近シ》という、色も鮮やかな、不思議な神像は、誰に見られることもなく、我が家に眠っています。

わたしがいなくなれば、これらは散逸する運命でしょう。本来、沖縄の地に還るべきものだと思います。父も、それを喜ぶと思います。

沖縄の博物館のようなところが、引き取り保管してくだされればうれしいのですが、つてがないまま、ただ時が流れて行きます。

11

木下杢太郎の《じいん・かつくう》のことになったのは、萩原朔美さんの朔太郎についてのお話を聞き、川崎洋の『交わす言の葉』という本を思い出したからです。

ところで、萩原葉子さんの『父・萩原朔太郎』（中公文庫）にも、父の遺品を見る話が出て来ます。葉子さんは、朔太郎の書斎の引出しの中を見て、立ちすくみました。

教科書にも採られているので、ご存じの方も多いでしょう。「手品」という文章です。

わたしの父の前述の論文は、刊本ではより一般的な「沖縄国頭のシヌグ祭」となっています。

父はそれを手持ちの本で、「安波のシヌグ」に直していました。原稿を見て、それが本来の形に近いと分かりました。遺品は人と人を繋ぐ鎖です。文章が、書き手と読み手を繋ぐように。

父の遺品について語る葉子さんの本から、わたしの心は、朔太郎の、手品への思いに繋がって行きます。

手品から蜂

1

「手品」は、萩原葉子さんの「晩年の父」の中にある文章です。教科書にも採られています。朔太郎が逝った後、書斎の、鍵のかかる引出しを開けてみると——というくだりは、葉子さんの本を手に取り、読んでいただくべきでしょう。

さて、随分、昔の話になります。

若かったわたしは、自転車に乗り、これといった当てもなく田舎道を進んでいました。住んでいる町からは、とうに離れていた。知った道筋を行けば、隣の市に着く。それでは面白くない。見知った、大きな川を越えた後は、わざと細い道に入り、めちゃくちゃに進みました。かなり行ったところで、先に幅の広い川が見えて来たのです。土手に上がり、ペダルを踏むのをやめ、足をつき、対岸を見る。

——どこなのだろう？

と、思いました。

不思議でした。関東平野です。先にも、大きな川がないわけではない。しかしそこに着くには、鉄道を越えねばならない。何より、もっともっと時間をかけねば、行きつけない。

夏の真昼時。

先に広がるのは、大きな風景です。それなのに、見渡す限り、人影がありません。川向こうが、不思議の国のようでした。

高い木々の列が並び、上の青い空には、ぽつんと白い小さな雲が浮かんでいました。じいーんと、耳に虫の音のような響きがしてきそうなほど静かでした。

お分かりでしょう、どういう状況なのか。答えはひとつしかありません。

川を越え、進んで来た道は、意識とは別に微妙に曲がっていたのですね。一方、通り過ぎた流れは、そこから逆向きに湾曲していた。認識の川は遠ざかる。あべこべに、現実の川が、進むにつれ、どんどん近づいて来たのです。

そして、ついにある一点で、二つが衝突した。わたしは越えて来た川に、また再会したのです。

手品の、あっけない種明かしのようなものです。分かってしまえば、目の前の不可思議さなど、たちまち崩れ去る。

ですが、気づくまでの短い間は、自分が大きな箱庭の中にいるようでした。天空から、そういう自分を、別な目になって、見ているようだったのです。

萩原朔太郎に「猫町」という、有名な小品があります。錯覚に関する前おきに続いて、《その頃私は、北越地方のKといふ温泉に滞留して居た》となります。温泉地からやや離れたところに、繁華なU町がある。普通は、玩具のような軽便鉄道に乗って行く。ある日、《私》はわざと途中下車し、歩いて、その町に向かう。

時は秋。一人、山道を行く《私》。

ところが、思いにふけりながら行くうちに、道を失ってしまう。このまま、帰れなかったら、どうしよう。

幾時間かの不安と焦燥の後、《私》は人家を見つける。しかし、それはひなびた農家ではありませんでした。《無数の建築の家屋が並び、塔や高楼が日に輝やいて居た》。《幻灯の中へ這入つて》行くように、《私》はその町に入って行く。

　大通の街路の方には、硝子窓のある洋風の家が多かつた。理髪店の軒先には、紅白の丸い棒が突き出してあり、ペンキの看板に Barber shop と書いてあつた。旅館もあるし、洗濯屋もあつた。町の四辻に写真屋があり、その気象台のやうな硝子の家屋に、秋の日の青空が侘しげに映つて居た。時計屋の店先には、眼鏡をかけた主人が坐つて、黙つて熱心に仕事をして居た。

　街は人出で賑やかに雑閙《ざっとう》して居た。そのくせ少しも物音がなく、閑雅にひつそりと静まりかへつて、深い眠りのやうな影を曳いてた。

2

あるはずのない街に入った《私》は、それから、《何人《ぴと》にも想像されない》ものを見ます。

わたしは、「猫町」と、高校生の頃、出会いました。

その頃、繰り返し読んでいたのが、現代教養文庫の『朔太郎のうた』です。伊藤信吉《いとうしんきち》の編著。詩だけではなく、その巻末に、「猫町」の抜萃《ばっすい》が収められていたのです。

これは、大変ありがたかった。

もう一方の道からも、わたしは、そこに行き着いていたからです。

中学生の頃から、やはり繰り返し読んだのが、同じ現代教養文庫の『探偵小説の「謎」』です。著者は江戸川乱歩。

乱歩の随筆評論は、小説同様、あるいはそれ以上の熱をもって語られる、とても面白いものです。巻末の「目録」を見ると、『幻影城』など、まだ見ぬ書名がずらりと並んでいる。砂漠で水を求めるように欲しかった。しかし、田舎という砂漠には水がない。

高校生になり、東京まで遠出をして神保町の古書店の棚の、高いところにある『幻影城』の背表紙を見た時は、飛び上がるほど嬉しかったものです。

何でもネットで買えてしまう今では、あの沸き立つような喜びは味わえない。

高いお金を払って、胸に抱えるような思いで帰って来ました。その本の中で、「猫町」が語られていたのです。

昭和十年の末、版画荘から単行した同書一本を贈られ今も愛蔵しているが、著者自案の装幀、厚いボール芯の表紙には一面の煉瓦、その真中に石で畳んだ窓があり、窓の上にはBarberと書かれ、横には理髪店の看板の青赤だんだらの飴ん棒がとりつけてある。そして窓一杯に覗いている大きな猫の顔。

乱歩は記憶によって書いているので、この後、「猫町」が東京での出来事として語られています。

それはそれとして、本は単独で存在しない。ある一冊と別の一冊が、時に手を繋ぐ。もし、『幻影城』を手にしながら、書棚に『朔太郎のうた』がなかったら、わたしの水を求める思いは、またつのったことでしょう。幸いでした。

3

「猫町」は、こう続きます。

意識が此所まではつきりした時、私は一切のことを了解した。愚かにも私は、また例の知覚の疾病「三半規管の喪失」にかかつたのである。山で道を迷つた時から、私はもはや方位の観念を喪失して居た。私は反対の方へ降りたつもりで、逆にまたU町へ戻つて来たのだ。しかもいつも下車する停車場とは、全くちがつた方角から、町の中心へ迷ひ込んだ。そこで私はすべての印象を反対に、磁石のあべこべの地位で眺め、上下四方前後左右の逆転した、第四次元の別の宇宙（景色の裏側）を見たのであつた。つまり通俗の常識で解説すれば、私は所謂「狐に化かされた」のであつた。

わたしは、夏の日、土手に立った時、不可思議の波に洗われるだけで、朔太郎の「猫町」を思い出しませんでした。

しかし、後から考えるとあの体験と、その絵解きは、実に「猫町」的です。しようとしてできることではない。そう思うと、得難い果実を味わった時の、甘美な汁のしたたりを感じます。

朔太郎も同様の経験を、実際にしたのだと思います。

無論、後半の「猫町」幻視は作られたものでしょう。しかし、フィルムを巻き戻すような、逆方向から町に――という出来事は、確かにあった。それが呼び水。背中のひと押し。朔太郎はそこから、脳内の「猫町」に入って行った。

逆方向から見る――という仕掛けによる、異世界訪問。いたって魔術的な展開です。

それに魅惑される乱歩。相通じる感性があります。

乱歩は、《萩原氏の詩とアフォリズム以外では、「死なない蛸」と「猫町」とを最も愛する》

といっています。

では、朔太郎が愛する乱歩作品は何か。

4

朔太郎と乱歩を思う時、浮かんで来る映像があります。遊園地の、回転木馬に乗る二人です。乱歩の『探偵小説三十年』もまた、わたしの高校時代の愛読書でした。現在、普及している『探偵小説四十年』ではありません。岩谷書店から出た、その前の本です。

大正十五年を回想するところに、「浅草趣味」という随筆が出て来ました。乱歩は「花やしき」や、木馬館の魅力を語ります。浅草の遊園地、花やしきなら、今でもありますね。しかし木馬は、昔は木馬館にあった。《僕も乗つたし、最近では横溝正史君が乗つて、大いに気をよくした》そうです。

続いて、こんな文章が引かれます。

ごく近頃、去年（昭和六年）の秋であつたか、まことに久方振りで、私はあの懐しい浅草木馬に乗つたことがある。

ふむふむ——と思います。すると、こうなる。

連れはその頃知合いになつた詩人の萩原朔太郎氏で、彼もまた木馬心酔者であつたから、私が恥《はずか》しがるのを無理に誘つて、彼は木馬に、私は自動車に、ゴットンゴットンと乗つたのである。

メリーゴーランドといえば、主役は無論、木馬。しかし、回転盤のその間に、馬車や車が置かれているものも、普通にあります。自動車は、より小さい子供のためにあるのかも知れません。

記憶は当てにならない。『探偵小説三十年』を見返してみると、正確には、二人で木馬——ではなかったのです。

乱歩は羞恥心に負けたのか、自動車に乗っていますね。それに負けない、もう一人の《木馬心酔者》が朔太郎。青白い感じのする朔太郎の方が、強引なのも面白い。堂々とまたがる。文学史上の隠れた名場面です。回る回るよ、木馬は回る。後から小さな自動車もついて来る。

——待ってください、萩原さん。

——ここまでおいで、乱歩さん。

乱歩は《当時は明治期少年時代の郷愁にみちたジンタ楽隊の伴奏つきであつた》と書いています。背景に、いかにも浅草らしい音楽が流れていたのでしょう。写真はなくても、妙に鮮やかに浮かんで来ます。

より具体的には、大正十五年の短編「木馬は廻る」の中に、こう書かれています。

木馬館では、入口に切符売場がなくて、お客様は、勝手に木馬に乗ればよいのだ。そして半分ほども木馬や自動車がふさがってしまうと、監督さんが笛を吹く、ドンガラガッガと木馬が廻る、すると二人の青い布の洋服みたいなものを着た女たちが、肩から車掌のような鞄をさげて、お客様のあいだを廻り歩き、お金と引換えに切符を切って渡すのだ。

木馬館には戦争中、焼夷弾が落ちました。かつて木馬館を経営していた根岸興行部の娘、喜久子さんの熱意により、戦後の一時期、復活しましたが、朔太郎や乱歩の頃の味わいはなくなっていたようです。

喜久子さんによれば、その後、記念のため、複製として作られた木馬は、本来のものとはかなり違うそうです。『浅草六区《エンコ》はいつもモダンだった』雑喉潤《ざこうじゅん》（朝日新聞社）の中で、喜久子さんは、複製は《何か張り子の犬に似てますね。本当にあの木馬たちはどこへ行ったんでしょう》と語っています。

5

《恥《はず》しがる》乱歩を、無理やり木馬へと誘う『月に吠える』の作者。——積極的といえば、先に家まで訪ねて来てくれたのも朔太郎の方でした。乱歩は、著名な詩人の来訪に恐縮したそうです。

朔太郎は、乱歩作品中では「赤い部屋」や「人間椅子」を愛しました。

続いて、さらに時が経った昭和九年か十年、朔太郎が乱歩の池袋の家を訪ねて来た時のことが、克明に書かれています。

萩原氏はその時濃紺の結城紬の羽織を着ていたのを覚えている。当時私は土蔵の中を書斎と客間にしていたので、そこへ通したところ、真中に大きな段梯子があつたりして、屋根裏のような、或いは船室のような感じがするといつて、同氏は興がつたものである。

土蔵の中とは、やはり、ひとつの異世界。朔太郎が喜んだのも頷けます。

そこの卓上に膳をおき、日本酒をチビリチビリやりながら、二人は内外の怪奇文学について語り合つたのだが、萩原氏は私の「パノラマ島奇談」を案外高く買つていて、「あれはいい、あれはいい」といつてほめてくれた。

朔太郎は、大正十五年、『探偵趣味』六月号に寄せた「探偵小説に就いて」の中で、乱歩作品について語っています。「赤い部屋」には《所謂《いわゆる》探偵小説のマンネリズムがない》、「人間椅子」は《読んで嬉しくなった》、《よく書けている。実際、これ位に面白く読んだものは近頃無かった》といっています。ここでは「パノラマ島奇談」についての論評がない。それは、この作品の連載が『新青年』同年の十月号から始まるからです。

文章で語れなかった「パノラマ島奇談」への《あれはいい》の繰り返し。それは、これが朔太郎に、「赤い部屋」や「人間椅子」以上の喜びを与えた作品であった——より突っ込んでいえば、乱歩が「パノラマ島」の創造者であるからこそ、彼の家を訪れた——ともいえるのです。

乱歩は、小さい頃から、もうひとつの現実としての、模造された風景に魅かれていました。その集大成的なものがパノラマ館です。『わが夢と真実』の中の「旅順海戦館」に書かれています。

巨大な円筒形の建物。トンネルを抜けると、そこは別世界。別個の空と地平線があるのです。乱歩は、パノラマ発明者の言葉を読んだといいます。

彼は、丸く囲んだ建物の中に、彼の思うがままの別の宇宙を作って見たいという考えから、あの発明を企てた由であるが、世界を二重にするという彼の計画は実に面白い。丸い背景だからそこに描かれた地平線には端がない。空は見物席の天蓋にさえぎられて、その上方から、日光そのままの光がさしているのだから、やっぱり無辺際に高く感じられる。小さな輪の中にいて、広い実在世界と同じ幻覚を起こす。その小天地の外側に、もう一つのほんとうの世界があるのだ。

しかし、《その小天地》に没入すれば、そここそが《ほんとうの世界》になる。そして、現《うつし》世《よ》こそが夢になるではありませんか。

6

パノラマ館。

かつて見世物として存在した――というのを、はるか昔に知り、しかし、それは郷愁と共に遠望するものでしかありませんでした。円筒形の建物としてのそれを、目にすることはなかろうと思っていました。ところが、テレビを見ていたら出て来たのです、それが。

存在するのはオランダ。『美の巨人たち』という番組で取り上げられたのが、そこにあるパノラマ・メスダグ。

外観はまさに乱歩が「旅順海戦館」で書いた通り、《瓦斯《ガス》タンクに似て、突然空高くそびえたあの建物》です。長い廊下を抜け、螺旋階段を登ると、その先に、もうひとつの世界が広がります。

見回す円形の壁に十六枚のキャンバスを繋ぎ合わせた、縦十四・五メートル、横百二十メートルの、長大にして克明な風景画が描かれているのです。ありし日の海辺の町スヘフェニンゲンが、見る者の周囲を取り囲んでいる。砂浜から町並、そして再び海辺へと戻る視界。描いた画家は、ヘンドリック・ウィレム・メスダグ。

普通の壁画と違っているのは、鑑賞者は建物の中央にある、庭園の東屋《あずまや》のような、プラットフォームという高さ五メートルの高台からぐるりを眺めるのです。絵までの間には、砂が敷き詰められている。そこには漁網や、打ち捨てられた靴が転がっていたりする。現実のものである砂浜越しに、十五メートル先の壁画を見るのです。

パノラマ画は十九世紀ヨーロッパで、歴史的事件や英雄伝説をリアルに見られるものとして、流行ったそうです。例えば、ワーテルローの戦い。

そこで思いは、朔太郎へと流れます。わたしが大学生になった頃、中央公論社の『日本の詩歌』が刊行されました。『萩原朔太郎』の巻は、勿論、買いました。

散文詩の中に、「パノラマ館にて」があり、ありがたいことに、自註も収められています。そこに、ごく幼い頃、上野のパノラマ館に行った記憶が語られています。《高い屋根の上には、赤地に白くPANORAMAと書いた旗が、葉桜の陰に翩翻《へんぽん》としていた。私はここで、南北戦争とワーテルローのパノラマを見た》といいます。

まさに、パノラマ・メスダグのように、トンネルのような梯子段を登り、幼い朔太郎は《急に明るい広闊《こうかつ》とした望楼に出た》。《私は子供の驚異から、確かに魔法の国へ来たと思った》。

以下、朔太郎によって再現される、パノラマ館の語りの言葉は、昔そのままではなく、これまた詩人の脳を経て濾過されたものでしょう。

「ああ、ああ、歴史は忘れゆく夢のごとし。時は西暦千八百十五年。所はワータルローの平原。あちらに遠く見える一葦の水はマース河。こなた一円の人家は仏蘭西《ふらんす》の村落にございます。史をひもとけば六月十八日。仏蘭西の皇帝ナポレオン一世は、この所にて英普聯合軍と最後の決戦をいたされました。こなた一帯は仏蘭西軍の砲兵陣地、あれなる小高き丘に立てる馬上の人は、これぞ即ち蓋世《がいせい》の英雄ナポレオン・ボナパルト。その側に立てるはネー将軍、ナポレオン麾《き》下《か》の名将にして、鬼と呼ばれた人でございます。あれなる平野の大軍は英将ウエリントンの一隊。こちらの麦畑に累々と倒れて居ますのは、皆之《こ》れ仏蘭西兵の死骸でございます。無惨やあまたの砲車は敵弾に撃ち砕かれ、鮮血あたりの草を染めるありさま。ああ悲風蕭々《しょうしょう》たるかなワータルロー」

三角帽に白十字の襷《たすき》をかけ、間道を突撃するナポレオンの近衛兵。側面を射撃するイギリスの遊撃隊。遠く砂塵を蹴立てて迫るプロシャの援軍。

《ああ、ああ、歴史は忘れゆく夢のごとし》と、パノラマ館の語り手は詠嘆します。そして、朔太郎はいう。

明るい日光の野景の涯を、わびしい砲煙の白くただよふ。静かな白日の夢の中で、幻聴の砲声は空に轟ろく。いづこぞ、いづこぞ、かなしいオルゴルの音の地下にきこゆる。あはれこの古びたパノラマ館！　幼ない日の遠き追憶のパノラマ館！

7

ワーテルローのパノラマは公開されていたのです——ヨーロッパを遠く離れた、東の果て、東京においても。

二〇二三年の岩波書店の『図書』二月号の表紙は、現代美術作家杉本博司《すぎもとひろし》撮影の、タッソー蠟人形館のデューク・オブ・ウェリントンでした。勲章に飾られた華麗な服をまとい、何ものかを見つめている。視線の先には、何があるのか。

杉本氏の解説によれば、蠟人形作家タッソーは、ナポレオンの身の回りの遺品や、最後の眠りに就いたベッドまで買い集め、死の床のナポレオンを再現、展示。ロンドン中の話題となりました。ウェリントンその人が、そこを何度も訪れたといいます。

タッソーは、ウェリントンが亡くなると早速、蠟人形のナポレオンを見つめるウェリントンの蠟人形を作り、《ベッドの傍に立たせた》といいます。史実ではタッソーはウェリントンより二年早く死去しているようですが、人は、ほかならぬタッソーにそうしてもらいたかったのですね。

二人はまさに、歴史の大立者。時をさかのぼり、その会戦の場となるワーテルロー。パノラマ館の、将軍も兵士も突撃の形のまま、時の中に宙づりになっているのです。

朔太郎はいいます。

特に大砲や火薬の煙が、永久に消え去ることなく、その同じ形のままで、遠い空に夢の如く浮んでいるのは、寂しくもまた悲しい限りの思いであった。その上にもまた、特殊な館の構造から、入口の梯子を昇降する人の足音が、周囲の壁に反響して、遠雷を聞くようにできてるので、あたかも画面の中の大砲が、遠くで鳴ってるように聴えるのである。

8

一方、メスダグのパノラマ館が見せるのは、何の変哲もない日常の風景です。メスダグはこれを最初、ベルギーの会社からの依頼で描いたといいます。

——終わりのない絵を描いてほしい。

と、いわれたそうです。額縁のない絵です。三百六十度の風景画を描くには、どうしたらいいか。そこでメスダグのしたことに、わたしは、あっといいました。

彼は巨大なガラスの筒を作ったのです。そして中に入り、周囲を見たのです。

ガラスの中に入る——とは、実に乱歩的です。「鏡地獄」という天才の手になるとしか思えない、傑作があります。そちらでは、登場人物が球体の鏡の中に入る。そこまでは行きませんが、メスダグは透明な筒の中から外を見つめ、その内側に世界をトレースしていったのです。

そんなことをした人が、ほかにいるでしょうか。

原画に薄紙を当て、敷き写しにするのは、多くの人が一度はやっている。しかし、メスダグは、透明な筒の内側に筆を走らせ、外界を写し、下絵を作ったのです。出来上がった巨大なパノラマ画は、ヨーロッパを巡回、好評を博したといいます。それが、どうしてオランダに戻ったのか。

実は一八九四年、オランダを大嵐が襲い、各地を破壊しました。――スヘフェニンゲンも。その時、メスダグは、この絵を買い戻したのです。

鑑賞台となるプラットフォームの屋根の上は、ガラス窓になっています。そこを通して、季節や、朝から夕方へと変化する、自然なオランダの光が、パノラマ・メスダグの中に降り注ぐようになっています。

ワーテルローの戦いは、歴史の中にある一日のこと、消え去った出来事です。メスダグの描いた日常もまた、大嵐の後、過去のものになった。

しかし外にはない、失われた、もうひとつの世界がパノラマの中にとどめられたのです。

9

この番組は、録画し、DVDに移してあったので、担当さんにお貸しすることができました。感想を、すぐに電話で聞くことができました。

「なるほど、映画が誕生し、パノラマ館は衰退していったんですね」

と、担当さん。番組中に、そういう説明があったのです。

「確かに、歴史上の出来事を観よう——というなら、ナポレオンの映画なんか、はるか昔から作られています。一般大衆の望むものが、動く画面へと移って行くのは理解できます。——パノラマだと、作るのが大変です。簡単に別の出し物にかえられない。飽きられてしまう。その点、映画なら、次から次に新作がやって来ますからねえ」

次第に、時の流れの彼方に消えて行くパノラマ館。

「メスダグのものが、よく残っていてくれました。かつて存在したパノラマ館。それが、時を超えて、今も見られる。貴重です。——とどめられた時。永遠を感じます」

「はい」

「目を一方へ一方へと動かしていっても、終わらない風景ですね。わたしは、絵巻を連想しました。はるか昔の人々を活写した——例えば、信貴山《しぎさん》縁起絵巻とか……」

「絵巻——とは懐かしいですね。子供の頃、父親に連れられて、東京のデパートに行きました。そこで『鳥獣戯画』なんかの、縮小コピーを売っていたんです。今も覚えています。陳列ケースに入っていた。ちゃんと、絵巻の形になっている。何本か並んでいた。その形に、とても魅かれました。次から次へと繰り出して行くと、場面が展開していく。——見た一場面だけで終わらない。先のある広がりに、不思議な魅力を感じました」

「買えたんですか？」

「とんでもない。そんな風に仕立ててあるんだから、本とは桁違いの値段だったでしょう。無理ですよ。大きくなってから、神保町で同じものを見て、――ああ、これが欲しかったんだよなあ、と懐かしかった」

「巻物だから、よかったんですね」

そこでまた思い出すことがある。

「――子供の頃から、浮世絵の風景画を見るのは好きだったんです」

「『東海道五十三次』とか」

「そうそう。高校生になってから、北斎《ほくさい》の『隅田川両岸景色図巻』を買いましたね」

「おお。マニアック」

「そうでもないんです。普通に、町の本屋さんに出てた。そんなに高くなかった。これは本の形だけど、風景が次々に繫がっていく。そこに魅かれたんです。――繫がるということを、うまく使って作られたものにトランプがありますよ」

「トランプ……？」

「はい。『鳥獣戯画』。買いました。スペードのエースから始まり、次は2へと絵が繫がって行くんです。箱に、《ぜひ七並べで遊んでみてください》と書いてある。うまいでしょう。ゲームの進行と共に、絵巻が完成されて行く」

「やりましたか」

「残念ながら、持っているというだけ。《七並べ》はやっていない」

「勿体ないですね」

「本当にそう。一人で並べても、虚しいですからね」

「うーん」

「しかし、絵巻をトランプにする——という発想は面白い。いいとこ突いてると思いますね」

「広がって行く眺め——朔太郎や乱歩のパノラマ館と通じませんか？」

「ある意味そうだけど、——決定的な違いがありますね」

「というと？」

「パノラマ館の方は、眺めるわたしがその中に入る。自分が、パノラマの一部になるんです」

「なるほど……」

「朔太郎が、それについて面白いことをいっています。『虚妄の正義』の中に『パノラマ風の意匠として』という一文がある。そこで彼は、小説は《文学的パノラマ館》だといっているんです」

「おお」

「スヘフェニンゲンの例でいえば、目の前に砂浜があり、漁網や捨てられた靴がある。それが、境目の分からぬ形で、遠景の絵画と混然となる。見るわたしを含めて、外界とは違った、もうひとつの現実が生まれるわけです。これを、小説だ——という朔太郎の見方には、なるほどと思わされます」

読む者は、その世界に入って行く。

「——朔太郎は、《『事実を事実として描く』小説が、文学に価値しない》といっています。つまり、どこまでも砂浜があるだけなら、それは砂浜でしかない――というわけです」
「ふんふん」
「これは、つまり、当時全盛だった私小説に対しての言葉ですね」
「そうなりますね」
「小説というパノラマ館の中で、幾つものパノラマを描いた『パノラマ島奇談』を、朔太郎が《あれはいい、あれはいい》というのも、よくわかりますね」

10

さて、朔太郎という入口から入って回廊を進んで行くうちに、江戸川乱歩の影が見えて来た。同じようなことが、この後、すぐに続きました。

田端文士村記念館で、二〇二二年の師走、『朔太郎、龍之介、ときどきマジック？』という講演会があったのです。何と、《マジック実演付き》。講師の栗原飛宇馬《くりはらひうま》氏は、《劇作家、マジシャンの顔も持つ文学研究者》と紹介されていました。これはうれしい。

――行きましょう、行きましょう。

と、わたしの方から、担当さんを誘いました。

そうやって出掛けた田端には、青い蜂が待っていたのです。

蜂から時計

1

田端文士村記念館の『朔太郎、龍之介、ときどきマジック？』という講演会に、行きました。おいしいものばかりが並んだような題です。

講師の栗原飛宇馬《くりはらひうま》氏はまず、朔太郎の遺した手品道具について、語り出しました。当然のことながらトランプがある。ところが、よく調べてみると新しいものが混じっていた――というのです。時代を考えると、朔太郎が手にしたのは、そのうち、Ｂｅｅというブランドらしい。

――蜂。

わたしも随分昔、手品に興味を持ち、トランプもいくつか持っていました。しかし、Ｂｅｅは知りませんでした。

配られたパンフレットのカラー写真に、そのトランプが載っています。カードの背の模様は、紺。箱には、紺の蜂が描かれています。トランプは普通、赤青の二種類作られますから、青い蜂のカードといっていいでしょう。

朔太郎の指が、これを操ったかと思うと、感慨があります。

栗原氏は、朔太郎の作品と手品との繋がりについて、丁寧に語りました。そして、《ときどきマジック》という通り、トランプ手品の実演までしてくれたのです。

見ているとまことに不可思議。首をひねるしかないマジック。普段は文学が語られる空間が、謎を入れた箱になりました。箱の中のわたしは、たちまち数十年前に帰りました。

昔、テレビでこれを見、あまりの不思議さに、仕掛けを知りたいと思いました。探求心は強い方なので専門書を調べ、何とか原理にたどりつきました。数あるトランプ手品の中でも、名作といわれるもののひとつだったのです。

——そうか、そのやり方しかないよなあ。

と、手品作りの面白さに感嘆しました。無論、原理だけ分かっても駄目。カードを扱う手練の技がなければ、演じられません。

種を、本で調べるのは邪道でしょう。しかし、そうまでした手品を、また再び目にし、時を戻してもらえた気になりました。

講演には、まことに詳細な資料が用意されていました。その中に、堀辰雄《ほりたつお》の「石鹼玉の詩人ジヤン・コクトオに就て」の一部が引かれていました。

「石鹼玉の詩人」というわけは、堀口大學《ほりぐちだいがく》訳『月下の一群』中にある、あまりにも有名なコクトーの詩、

　シャボン玉の中へは
　庭は這入れません
　まはりをくるくる廻つてゐます

を指しています。堀辰雄は《この三行がそつくりジヤンである》と語るのです。そして、

　ジヤンは君に云ふ。「君はヴイオロンセロの中に青い蠅が棲んでるのを知つてゐるか？君はヴイオロンセロが悪い蜂たちの巣であるのを知つてゐるか？」これは夢想的な詩人が君に手品を使つて見せたのではないのだ。

　そして、ピカソの言葉——芸術は真理ではない、《真理を如実に知らせる虚偽である。芸術家は、彼の虚偽が真実であると云ふ事を他人に納得させる方法を知つてゐなければならない》を引き、《ジヤンは実にその方法を心得てゐる一人である》といいます。
　さらに《ヴイオロンセロの中に青い蠅が棲んでることを信じない人》のために、魅力的な註をつけます。

　これはジヤンの一つの小説の中のエピソオドだが、
サーカスで、ひとりの厚かましい母親が自分の子供を支那奇術の実験に貸してやる。子供

は箱の中へ入れられる。箱が開けられる。からつぽだ。箱は閉ぢられる。ふたたび箱は開けられる。子供があらはれる。さうして自分の席へ戻される。がこの子供はもはや以前とは同じ子供でないのである。まさかそんなことはあるまいと人は思ふだらうが。

さういふ真実をジヤンはつかまへてゐるのだ。詩においても。解つたらうか、君達も？

これには、嬉しくなりました。江戸川乱歩と萩原朔太郎が、木馬館で遊んだことを前に書きました。

そして、ここでコクトー＝堀辰雄の提示する、人間入れ替わりの味わいは、露骨なまでに乱歩趣味です。

感性の鎖が繫がるのを、またも見る思いがしました。

2

さて、うちに帰るとすぐ、筑摩書房の『堀辰雄全集　第四巻』を開いてみました。「石鹼玉の詩人」が、これに入っています。ちゃんと持っているのです。

堀辰雄の短文には、読書の喜びを感じさせるものが多い。

学生時代、文藝春秋の全集『現代日本文学館』の『泉鏡花《いずみきょうか》』を読み、最後の「貝の穴に河童の居る事」に驚きました。人間が書いたとは思えない。筆の先が宙に浮かび、そこから文字が生まれるようです。

数多くの鏡花作品から、これを選び取る眼力に感心しました。

——読む人は読み、選ぶのだなあ。

と思いましたが、後から知れば何のことはない、まず堀辰雄が、これを称揚していたのです。誰がどう褒めるかで、作品の輝きは変わって来ます。堀の、「貝の穴に河童がゐる」という文章が、それです。《居る事》が《ゐる》となっています。しかし、語られているのは間違いなくこの作品です。

堀は、朔太郎に傾倒していましたが、文中には、詩人の言葉も引かれています。

僕はこの短篇を読んで気味が悪くてならなかつたと云つた。すると僕の友人の中にこの短篇を「なんと色つぽいのだらう」と云つてゐる者があつた。僕はそれを聞いてちよいと虚を衝かれたやうな気がした。そして自分の見落してゐた大きな要素に気がついた。

萩原朔太郎さんが嘗《か》つて僕にかう云つたことがある。「自分は怪談と云ふものを好まない。ちつとも怖いと思つたことがない。しかし、さう云ふ怪談にエロチックな要素が這入つてくると、それが妙に怖くなり出す。だから『牡丹燈籠』のやうな怪談だけは好きだ。」さう云ふ萩原さんの説は独特なものかも知れぬ。しかし僕も、鏡花の作品に関するかぎり、その説の信奉者になるだらう。

朔太郎の声まで聞けるのは、何ともありがたいことです。

3

そういうところが魅力的でしたから、『堀辰雄全集』も、何巻か持っているのです。すぐに確認したのは、《君はヴイオロンセロの中に青い蠅が棲んでるのを知つてゐるか？》という部分。

弦楽器の響きを羽音に譬えているのは、明らかですが、Ｂｅｅのトランプの存在を知った後では《青い蠅》は《青い蜂》の間違いではないかという思いが、一瞬、頭をよぎります。続いて《君はヴイオロンセロが悪い蜂たちの巣であるのを知つてゐるか？》と書かれていますからね。

見てみると、確かにここは《蠅》でした。

次の疑問は、コクトーの小説中にあるという、奇術の舞台で子供がすり替わるという印象的な挿話。出典について書かれていないか――と思ったのです。

残念、説明はありませんでした。しかし、わたしには強い味方がいます。ジャン・コクトーの全集を出していたのはどこか。東京創元社です。そこの編集者であり、社長だった戸川安宣氏と、長いお付き合いなのです。

問題の箇所の画像を送り、

――これはコクトーの小説の一節だそうです。何の一節でしょう。

と、聞くと、

――しばらく、お待ちください。

やがて、画像と共に答えが来ました。

――『大胯《おおまた》びらき』ですね。

ありがたいですね。戸川さんからは、全集の画像が送られて来ました。しかし、こういうことの確認は、紙の本でしなければ駄目です。

ところが、うちの書棚に『大胯びらき』がない。コクトーなら『山師トマ』や『ポトマック』が目につくところにあり、丹念に探せば『恐るべき子供たち』も見つかるはずなのに。口惜しいです。

本となれば図書館。検索したところ、隣の市の図書館に河出文庫版が入っていました。澁澤《しぶさわ》龍彦《たつひこ》訳です。

早速、出掛けて借り出し、最初から読んで行きました。

すると、目を疑うようなことがあったのです。

4

読み進んで行くと、角を折ってあるページに行き着きました。

何と、そこが捜し求める問題のページだったのです。不思議でしたね。遠い遠い昔、奇術の箱に入れられ複製された、もう一人の自分が先回りし、折っておいたようでした。

——ここだよ、ここだよ。

と。

図書館の本のページを折るなど、してはならないことです。この本で、折ってあるのはただ一か所、そこだけでした。誰かさんは、どうして、そんなことをしたのか。栞代わりというより、むしろここが読む者を引き付けてやまない一節だった——ということでしょう。同じ箇所を、堀辰雄訳と比べると、こうなっています。

　サーカスで、軽率な母親は、その子供を、支那人の魔術師の実験に提供する。子供は箱の中に入れられる。箱の蓋が開くと、空っぽである。ふたたび箱が閉ざされる。開かれる。すると子供はあらわれ、もとの場所に戻っている。ところで、二度目にあらわれた子供はもう、もとの子供ではない。しかし誰もそれには気がつかない。

翻訳によって、文の味わいは微妙に変わります。我々が若い頃、青年は安全な株を買ってはならない。

という文句が、いろいろなところに引かれていました。ジャン・コクトーの言葉。しかしながら、訳者の名前まで明記する人は、まずいませんでした。まして孫引きなら、訳者の存在自体、意識しないのでしょう。

日本語にしたのは――お分かりですね、堀辰雄です。

『鶏とアルルカン』の一節ですが、東京創元社の『ジャン・コクトー全集』では、佐藤朔《さとうさく》の訳『雄鶏とアルルカン』。こうなっています。

青年は確実な証券を買ってはならない。

耳慣れているせいもあるのですが、ここは堀訳でないと落ち着かない。《安全》な道を選択しない――という、若さへの思いがより出ているように思えるのです。

文章を日本語で味わう人間に、誰の訳かは大きな問題です。

『大膀びらき』の場合、題名そのものが澁澤龍彥のものです。原語通り、『グラン・テカール』としているのが、創藝社近代文庫の山川篤訳です。この件についてやり取りした、ある方も『グラン・テカール』といっていました。

さて、誰かの、ページの角の折りにびっくりした澁澤訳『大膀びらき』ですが、読み進めて行き、またまた驚きました。こういうところがあったのです。

同じ道でも往きと帰りとでは、景色がまるで違って見えるので、散歩の帰り道など、おや、道を間違えたのではないかしら、と思うことがよくあるものだ。自分の住んでいる村でも、丘の上から思いがけず眺めると、まるで別の村ででもあるかのように見えることがある。レストラパード街に突然ジェルメーヌが闖入して来ると、ジャックの眼には、自分の恋人が普段とまるで違った風に見えるのだった。そうなると、自分の部屋さえいつもと同じには見えなかった。

——『猫町』じゃないか！

堀辰雄が、同人誌『驢馬』に、『グラン・テカール』の一節を引いたのが、大正十五年。それより前に原書を読んでいたことになります。いうまでもありませんが、堀はあちらの本を、すらすら読んでいた人です。

『猫町』の刊行はずっと後です。

堀は敬愛する朔太郎に、この一節を伝えたのでしょうか。そして、二人は、この感覚の揺れの妙について、語り合ったことがあるのでしょうか。

5

『堀辰雄全集　第五巻』に付された月報には、澁澤龍彥の「海彼の本をめでにけるかも」という文章が収められています。

題名は、芥川龍之介の短歌によるものです。

しぐれふる町を幽《かそ》けみここにして海彼《かいひ》の本をめでにけるかも

若い方には、なじみのない言葉でしょうが、海の彼方を《海彼＝かいひ》というのも、昔の本には普通に出て来ます。丸善二階での感懐だといいます。この思いは《そのまま堀辰雄に受け継がれたし、(中略) 私たちにまで受け継がれている》と澁澤はいいます。

ともあれ堀辰雄は、死ぬまで海彼の書物を身辺に置くことをやめなかった。そして楽しみながら読んだ多くの書物のなかから、最も自分の資質に合った、最も自分の嗜好にかなうものだけを、日本語に置き換えた。それを抜けめなく自分の創作上の養分にすることも忘れなかった。

『風立ちぬ』についての言及の後、澁澤は、こう続けます。

私は前に、『不器用な天使』をはじめとする堀辰雄の初期作品に、いかにコクトーの影、とくにコクトーの小説『大胯びらき』の影が色濃く染みついているかを、煩をいとわず、い

ちいち具体例をあげて解説したことがあったが、(以下略)

《いちいち具体例をあげ》た文章までは読まずとも、わたしは、『大胯びらき』の中に、

頭の中の蜜蜂がぶんぶん唸っていたにもかかわらず、ジャックの頭脳はますます冴えてくるのだった。

という一節を見つけた上で、『不器用な天使』の、

僕は僕の頭の中がだんだん蜜蜂のうなりで一ぱいになるのを感じながら、友人の話を黙つて聞いてゐた。

に行き当たり、羽音の二重奏を耳にしたように思いました。

そのすぐ後、わたしは金沢に向かいました。石川県立図書館で、お話しする機会をいただいたのです。旧館の老朽化により移転、建て替え、『百万石ビブリオバウム』という愛称を得、話題を呼んだ施設です。

新しい図書館は、開架三十万冊、書庫の収蔵能力は《百万石》ならぬ《二百万冊》。天下の書府金沢にふさわしい規模です。《ビブリオバウム》の《バウム》は、おなじみバウムクーヘ

ンのそれです。

円形の書棚が、異次元空間のように輪を描き、波のように広がる大閲覧空間。上から見ると、それこそ巨大なパノラマを、天から俯瞰するようです。

本、本、本に埋め尽くされた国。朔太郎や乱歩に、中を歩かせたかった。ここで、隠れんぼする二人を見たかった。

本好きにとってはまさに夢の世界です。

金沢では前年、徳田秋聲《とくだしゅうせい》記念館のお招きによりトークを行いました。

今回は、戸川安宣氏との対談形式による『文豪コソコソ話』。前年に引き続き、石川県立図書館の上田《うえだ》敬太郎《けいたろう》さんが、細かくお世話してくださいました。

戸川さんとの対談も、

——戸川さんは、江戸川乱歩と会ったことがあるんでしたっけ？

——それはですねえ……。

などと、楽しく語り、終了後にはまた、マジックカフェ＆バー『BELIEVE』に行きました。

金沢の魔法使い、マジシャン山岸塁《ヤマギシルイ》さんに、田端文士村記念館で見た、思い出のトランプ手品のことを話しました。

するとたちまち、それについての興味深いエピソードを教えていただけました。歴史上の有名人の首をひねらせてきた、名高い手品なのですね。

勿論、言葉だけでは終わらない。それから実演です。

手品は演じ方によって、全く別の輝きを見せます。山岸さんは、すでにそれを見たわたしのために、とっさに演出をかえ、同じ手品の別の顔を見せてくれました。

感嘆したところで、聞いてみました。

「萩原朔太郎が使っていた、Ｂｅｅのトランプというのは、今もあるんですか」

即座に、

「ありますよ」

ほかならぬ『月に吠える』の詩人が手にしたのなら、同じものをほしい——と思うのは人情でしょう。

「どこで、売っています？」

「東急ハンズにあるでしょう」

ところがです。わたしは埼玉県東部の人間。ましてここ数年は、東京に行く回数自体が激減しています。

——今でも、手に入るんだ。

その思いだけを、掌に玉を転がすようにしているうちに、年が明けました。

6

世田谷文学館、田端文士村記念館と、萩原朔太郎についてのトークを聞く機会が重なりました。

ところが今度は、わたしに朔太郎忌実行委員会から、話しに来ないか——という打診がありました。松浦寿輝《まつうらひさき》さんとの対談形式です。場所は群馬県、前橋。

途端に、

広瀬川白く流れたり

という、朔太郎の一行が浮かび、あの清冽な水を、また目にしたいと思いました。

わたしでよろしければ——と、客席から舞台にあがるような不思議な気持ちで、お受けしました。

対談の時は、冬からは遠い五月。『月に吠える』のページにある、明るい光を思いました。

若くさの上をあるいてゐるとき、
わたしは五月の貴公子である。

ところが春どころか、一月のうちに、前橋へと向かうことになりました。

新潮社はかつて、『萩原朔太郎写真作品　のすたるぢや』という本を出しています。その時のスタッフの一人が、今のわたしの担当さん。

それだけに、《朔太郎が切り取った風景を求めて》という企画展は、見逃さない。

「朔太郎と朔美さんの写真展があるのですよ」

「おお！」

何と、遠い昔、朔太郎の撮った場所を、映像作家の朔美さんが、同じ画角でとらえる。つまりは、二枚の間に流れる時も含めて展示されるのです。これは見逃せない。

連れて行ってもらうことにしました。実は、それだけでなく、わたしには朔太郎について話す――となったら、確認しておきたいことがあったのです。

『とっておきのもの　とっておきの話』YANASE LIFE編集室編（藝神出版社）という素晴らしい本があります。十五年間にわたる雑誌連載をまとめたものです。広い分野で活躍した人の遺愛の品を、カラー写真で紹介。親族が思い出を綴るという三冊本。買っておいてよかったと思います。

百五十人ほどの人について語られますが、その中に「萩原朔太郎」も入っている。語るのは、朔太郎の子であり、朔美さんの母、葉子さん。

葉子さんが、父の遺品としてあげるのは、《宮さん時計》です。

現実世界での高価なものには関心がなかった朔太郎。ほかの文章でも触れられている、立体写真や手品の道具に続いて語られるのが、それです。空襲で家は焼け、わずかに残ったものの中にそれがありました。葉子さんは、いいます。

正式には何と言うのか分らないが、この時計は居間のタンスの上に置いてあり、目覚ましの時刻になると「宮さん」を唄う。長方形のガラスに入っているので、外から内側の機械のからくりが全部見えるのが面白い。

祖母はいつも不機嫌で、家の中は暗かったが、時計が鳴ると一緒に唄い出したり、機嫌が癒るので私も明るくなれる。一家を支配しているのは、祖母なので祖母が機嫌良くなると父も明るい顔になり、晩酌の折などギターを弾き出し、ついでに私にマンドリンを弾かせ二重奏をしてもらえるのだった。

めったに交流のない父と娘の間に、わずかの交流のあったのも、宮さん時計の縁であり家の中に音楽が流れることは、明るい太陽がさし込む思いだった。

これを読んだのは、二十年以上前です。家庭内でつらい日々を送っていた葉子さんにも、心休まる時があったのか——と、救われる思いがしました。

「宮さん」とは、「トコトンヤレ節」。京都から東へと進む官軍鼓笛隊の、ピーヒャラドンドンドンという鳴り物と共に、その時代のドラマではよく耳にします。

葉子さんは、いいます。

明治元年から三十年頃まで唄われ、いろいろの替え歌も出て、今日の流行歌や、替え歌の元祖となったと言う。

「宮さん宮さんお馬の前にひらひらするのはなんじゃいな　トコトンヤレトンヤレナ
あれは朝敵征伐せよとの錦の御旗じゃ知らないか　トコトンヤレトンヤレナ」

慶応三年生れの祖母がこの時計を父のために求め、大切にしたのも自分の子供の頃の思い出を集めた時計だったからだろう。

（中略）明治時代の時計は貴重品であった。

「宮さん時計」は、手作りでしっかり出来ていて、革のケースに入っている。ネジがケースの中に入っていて、巻くようになっている。不器用な父がふと思い出したように、ネジを巻いている時があり、そんな時の父の顔は昔のオルゴールを廻すことと重ねているのか、音の出る物に対する父の愛着が、よく分るひとときだった。

朔太郎は子供の頃、舶来のオルゴールの前に座り、飽きることなく耳を傾けていたそうです。この時計が、明治からのものとしたら、そして成長する朔太郎が、日常的に耳にしていたものとしたら、その響きを聴いてみたいものです。

葉子さんの文章は、一九八四年のものですが、こう結ばれています。

わずかに残った遺品の全部を前橋市立図書館へ寄贈したので、宮さん時計も図書館にある。館内には「朔太郎記念室」があり、資料を大切に保管してくれているが、時計はガラスケースに一般公開されている。

7

前橋市立図書館には、以前、お邪魔したことがあります。別件の取材だったので、「宮さん時計」にまで、気が回りませんでした。

葉子さんが、この文章を書いてから、すでに四十年近い年月が経ちました。宮さん時計は、はたして今も図書館にあるのか。

担当さんに、確認してもらいました。すると、遺品は現在、前橋文学館の方に移されているとのことでした。

二〇二二年は、朔太郎没後八十年にあたり、『萩原朔太郎大全2022』として、北は北海道立文学館から南はくまもと文学・歴史館まで、全国の五十を超える文学館、図書館、美術館などで催しが開かれました。

さらに春陽堂書店から、朔太郎大全実行委員会編になる『萩原朔太郎大全』も刊行されました。遅ればせながら、それを手に取りました。「朔太郎アルバム」には遺品の数々が載っていました。問題の《置時計》も見られましたが、多くの中のひとつ——という扱いなので、ちょっと不満でした。

わたしにとっては、あの葉子さんが、遺品の代表として縷々語った、特別なもの。これは、葉子さんの文章と共に、大きく取り上げてほしかった。

さて、一月末、前橋に行きました。

文学館で、

「五月のトークでお世話になります。よろしくお願いいたします」

とご挨拶し、いよいよ、時計について聞いてみました。

「収蔵されてはいるのですが、公開されてはいません」

ということでした。それは残念。

持って来た『とっておきのもの　とっておきの話』を取り出し、

「葉子さんが、この通り、思いをこめて書いた品です。——マンドリンを奏で、作曲までした朔太郎の、音の故郷がここにあるのではないでしょうか。トークでは、これについても触れたいと思います。もし、五月に公開されているようなら、嬉しいです」

葉子さんのこの文章は、案外、知られていないものでした。

文学館で行われていたのは、萩原朔太郎研究会の歴代会長展。初代、伊藤信吉に始まり、西脇順三郎、那珂太郎《なかたろう》、三浦雅士《みうらまさし》、松浦寿輝。壮観でした。

そこから、歩いてすぐのアーツ前橋に向かいます。朔太郎と朔美さんの写真展が行われていました。

朔太郎の写真は、独特の目で覗いた遠い世界。それだけでも《のすたるぢや》を感じさせるものです。朔美さんの作品が並べられることで、思いはさらに複雑なものになります。

坂東橋を望む利根川河畔の「家族との散歩」の写真。時が流れ、その撮影場所は倒木と密集する笹で、足を踏み入れるのが困難だったそうです。これを前橋市文化スポーツ振興財団、前橋文学館の方々が、きちんと整備してくれた——とのこと。そこに、和服の方々がモデルとなって立つ。再現への情熱にうたれます。

大正三年、朔太郎が妹ユキと前橋の太田写真館で撮影した写真は、わたしには、高校時代から見慣れた、懐かしいものです。現代教養文庫『朔太郎のうた』の「天景」——《しづかにきしれ四輪馬車》の詩の下に、ギターを手にし、椅子にかけた美青年と、寄り添う《妹幸子》の写真。これが《ユキ》なのですね。

時を経て、朔太郎とユキそれぞれの孫である朔美さんと三浦柳《みうらりゅう》さんが、同様の服装、ポーズでモデルとなり、撮影者は、百年ほど前にシャッターを切った太田清吉氏の孫、紘一《こういち》氏。所も同じ、前橋の太田写真館だといいます。手品を好み、仕掛けを愛した朔太郎にぜひ見せたい一枚です。

さらに幻想絵画のような、「白き建物と煙突」にまで、朔美さんのレンズは近づいて行きます。

朔美さんは、写真展に寄せた文章「定点観測写真—朔太郎写真との差異を探す試み—」を、こう始めています。

ゴヤの有名な言葉
「時も画家なのです」

は、直訳すると、

「時もまた描く」

になるという。


それを感じさせる、味わい深い展覧会でした。

8

さて、話はＢｅｅのトランプに戻ります。買うとなったら、わたしには東急ハンズより行きやすい店がありました。神保町の奥野かるた店です。さまざまなカードを扱っています。見るだけでも楽しい。

以前、『少女の友』昭和十四年新年号付録となった『啄木かるた』を、小説の中で、ぜひ使いたいと思いました。その復刻版を買えたのもここなのです。

奥野かるた店は、古書店街から折れ、水道橋駅に向かったところにあります。最近は神保町に出掛ける回数もめっきり減ってしまいましたが、足を運んでみると、楽しさは変わらない。『百人一首』にしても、絵札は普通で、字札が白地になっているセットがある。書道に趣味を持つ人が、自分の手で一枚一枚書いて行くのですね。そうやって、百枚を完成させたら、胸がおどるでしょう。

当然の疑問として、

「書き損じたら、おしまいですか？」

と、聞くと、お店の方が、

「そういう場合には、白札だけ、また購入できるようになっています」

なるほど。

驚いたことに、『百人一首』の歌人フィギュアまでありました。

「これ……全員分、出ているのですか？」

「はい」

いやはや。専門店というのは、たいしたものです。

『沙翁百人一句』などというのもある。シェークスピアの名台詞が、かるたになっているのですね。

落語かるたにしても、上方のものまでありました。狂言かるたも。

「中原淳一《なかはらじゅんいち》の『啄木かるた』は――」

「ああ。売り切れ、もうありませんね」

それは、さみしい。

さて、眼目のＢｅｅのトランプについて聞いてみます。

「――これですね」

ガラス戸棚の中に入っていて《みほん》と書かれている。箱には、見覚えのある蜂の絵が描かれているのです。

「はい、はい」

「何カ月かに一回仕入れますが、今、ちょうど切らしてます。注文してくだされば、取り寄せますよ」

「おお。――ぜひ、お願いします」

届いた時の連絡用に、こちらの氏名、電話番号をお教えしてから、うかがいました。

「手品用のトランプというと、ブランドはバイスクル――というのが一般的だと思います。わたしも、バイスクルなら持っています。――Ｂｅｅというのは、今ではあまり、使われないのですか？」

「Ｂｅｅは、カジノなどで使います。手品をやる方は、買っていきませんね」

注文はできたので、用はすみましたが、謎が残りました。

――萩原朔太郎が、手品に使っていたＢｅｅのトランプ。それを現代のマジシャンは、なぜ手にしないのか？

明るい神保町の通りに出たわたしの耳に、トランプをシャッフルする、蜂の羽音のような響きが、幻となって聞こえました。
——なぜ、なぜ、なぜ……。

9

この謎に答えてくれる名探偵なら、心当たりがあります。マジックを趣味とする綾辻行人《あやつじゆきと》さんです。

疑問点を書き、朔太郎が持っていたＢｅｅのトランプの画像と共に送りました。回答は、綾辻さんの都合のいい時間帯でお電話し、うかがうことになりました。

ベーカー街のホームズの住まいに相談に行く、依頼者のような気分です。

夜、電話から、綾辻さんの柔らかな声が流れて来ました。

「トランプはねえ、二十代の頃、何種類も買いましたよ。一九八〇年代ですね。マジックショップで、買ったんです。キャラバンとかタリホーとか」

定番はバイスクルですが、トランプにはさまざまな種類があります。催しや博物館などでお土産用に売られているものや、雑誌の付録まで入れたら数限りない。前にあげた、鳥獣戯画トランプなどまである。

「——Ｂｅｅも買いましたよ」

と、綾辻さん。

「おお！」

「萩原朔太郎が使っていた——というんですが……」

「そこなんです。話を聞いて、おかしいな——と思いました。Ｂｅｅは手品向きじゃないんですよ」

核心に入ります。

「……どうしてです？」

「Ｂｅｅはね、カードの裏の模様が全面に刷ってある。縁の白がない。これだと、クロースアップ・マジックをやる時、困るんです」

何人かのお客相手に、近い距離で見せる手品。テーブル・マジックともいいます。

「……ほう？」

「クロースアップ・マジックだと、よく、カードを一枚だけ、一組の中に裏返して入れたりする」

「ええ。広げて行くと、それがお客の最初に引いたカードだったりする。——びっくりする」

華やかな演出です。

「そういう時に、やりにくいんです。裏面が全面、模様になっていると、広げる前に異分子が一枚ある——と分かってしまう」

「ああ……なるほど」

本の小口——断ち口の部分を考えれば分かりますね。間に全面印刷のページが一か所あったら、真っ白な面に、細い線が一本見える。ちょっとずらすと、違いはよりはっきりする。端まで模様の刷ってあるカードだと、向きの違う一枚があったら、横から見て、模様のずれが分かるのです。

綾辻さんはいいます。

「だから、朔太郎が手品に使っていた、というのは、おかしいな――と思ったんです。でも、画像を見て納得しました。朔太郎のものだという、昔のBeeには白い縁がありますね。これだったら問題ない」

あらためて画像を見ると、確かに裏面の模様には白い縁があります。

「デザインが変わったわけですね」

「そうなります。僕が買った時にはもう、裏の模様は全面印刷だった。いつから、そうなったのかは分かりませんね」

「ははあ……」

カジノで使うには差し支えない。しかし、手品用としては難点がある。お話を聞いて、謎は氷解。実際にやっている方ならではの即答でした。

「朔太郎の青い蜂は、もう飛んでいない――ということになりますね」

緑の白いBeeのトランプ。今と昔でデザインが違うのは、ちょっと口惜しい。

「カードは年式があるので、これからも、デザインが変わる可能性はありますよ」

「うーん」

「手品が好きだと、いろいろなトランプがほしくなりますし、トランプは使っていたら傷むものです。消耗品です。朔太郎も、幾つか持っていたんじゃないかな」

トランプを操る、朔太郎の白い指が見えるようです。

「……それにしても、Ｂｅｅのトランプを使ったなんて、洒落てますね」

「昔だったら、舶来のトランプというだけで、かなり趣きがあったと思いますよ」

10

春となり、わたしも、Ｂｅｅのトランプを買うことができました。

さらに前橋でのトークも迫った五月の午後、担当さんが、ある催しに誘ってくれました。

「銀座に、蜂を見に行きましょう！」

不思議な時計

1

五月。

トランプのＢｅｅからの繋がりで、銀座のビルの屋上に向かいました。山口晃《やまぐちあきら》さんは、担当さんの敬愛する日本画家。その山口さんが、

――銀座ミツバチプロジェクト

について、かつて書き、また描いていらしたというのです。

「自然と縁のなさそうな銀座の空を、ミツバチが舞い、蜜を集めて来るんです」

心魅かれるものがあります。繋がりの糸を、こちらに結んでくれた担当さんに感謝。

前以て予約をすると、養蜂の見学ができるとのこと、前橋でのトーク前に、銀座の蜂に、会いに行くことができました。

広い通りから、松屋の横手に入ります。赤い、可愛らしい鳥居が見えてきました。――朝日稲荷神社。白いビルの前の朱色が、くっきりと見えます。鳥居には、《奉納　株式会社　松屋》と書いてあります。

そこを過ぎると、目当ての紙パルプ会館。中のエレベーターで、ぐんぐん上へと上ります。

「十階まで行きます」

と、担当さん。それは大変。

「ミツバチは乗ってませんね」

我々の体と比べると、ビルの屋上はハチにとって、山ほどの高さになるでしょう。上れといわれたら困ってしまう。働きバチというのは、本当です。

エレベーターを降り、銀座ビーガーデンという入口を抜け、受付をすませます。

屋上へと抜ける戸口の先が、明るい。

夕方の四時ですが、冬とは違います。まるで連山を見るように並んだ、ビルの肩や頭が見え、その上に、大きく空が広がっています。高いから、見晴らしがいい。まだまだ、光が満ちているのです。

「おや、あの神社ですね！」

すぐ側のビルの屋上に、林立する赤い幟旗《のぼりばた》に囲まれた祠の屋根が見えます。その前を通って来た朝日稲荷神社でしょう。

「――見下ろしては、申し訳ありません」

心でお祈りします。

「その謙虚なお気持ちがあれば、許してくださいますよ」

花壇が、あちこちに作られています。中央のものは数字の8に見える。

「――ハチだ！」

と思わずいってしまいましたが、言葉の語呂合わせではなく、蜂の巣穴の六角形を、二つ合わせた形なのでしょう。

緑が広がり、いろいろな花が咲いています。

同行の見学者は、女の方と、お母さんと小学生の男の子。我々と合わせ、三組になります。

そこに、案内の青年が登場。頭に、大きな黄色いミツバチのかぶりものをしています。魚大好きさかなクンの、あの帽子のような感じ。夜道で会ったら怖いミツバチ男――でも、ここでは、にこやかな案内役です。

その方の案内で、さらに上の階、巣箱のあるところに向かいます。

途中で、養蜂の絵やドキュメントの画面などでおなじみの、縁から網の下がった幅広帽子をかぶります。顔を蜂から守ってくれる。

「これは、何というものですか」

と聞くと、

「面布《めんぷ》です」

その道の人には常識でしょうが、わたしは今まで聞かなかった言葉。新しい体験です。

「ミツバチはおとなしいので、急に払おうとしなければ、問題ありません」

確かに、危ない感じは全くありません。

並ぶ巣箱を見ながら、説明を聞きます。ここの蜂は、北は皇居から、南は浜離宮庭園まで、出掛けて行くそうです。

「庭園とは限りません。街路樹からも沢山、蜜が採れるんですよ。ベニバナトチノキ、トチノキ、ユリノキ」

都会の花は、思ったより豊かなのです。

「――桜時には、あちこちのサクラからも」

収穫された蜂蜜は、デパート、レストラン、バー、ホテルなどで使われる商品となっているそうです。

巣箱には、逆さのペットボトルが取り付けられていました。

「水も必要なんですか？」

と聞くと、

「はい。随分、飲みますよ。ほら、そこでも――」

と足元の、水草や草の茂った、水槽のような花壇のようなところを示します。なるほど、ミツバチたちが、草の葉から首を突きだし盛んに水を吸っています。

「働き者には、水分補給が欠かせないんですねえ」

2

面布を返し、元の屋上に戻ります。

透明容器の三方に、収穫時期の違う蜜をつけたものをいただきました。花壇の縁に腰を下ろし、ミツバチたちの労働の成果を味わいます。比べればさっぱりしていたり、濃厚であったり、花の違いによって、味や色合いも変わってきます。なめながら、思いだします。

ひとりの気高き働き蜂が、その一生をかけて精製する蜂蜜は、わずかスプーン一杯にしかならないといわれる。

クラフト・エヴィング商會――吉田《よしだ》篤弘《あつひろ》さんと吉田浩美《ひろみ》さんお二人のユニット名です。ほかの誰にも作れない素晴らしい本を、沢山、世に出しています。『アナ・トレントの鞄』（新潮社）の中には、実際にはない品物、あってほしい商品が並んでいます。その中に「ひとりになりたいミツバチのための家」があります。

我々人間は、蜂蜜を買います。その時どうするか――

「アカシア」とか「レンゲ」といった花の種類をたしかめて手にとり、瓶に貼られたラベルの細かい文字を、閑にまかせて読み上げる。

〈内容量〉とか〈賞味期限〉とか〈販売者〉とか〈生産者〉など。

もし、そこに〈生産蜂〉という欄があったら、はたしてどんなものだろう。

このひと瓶の蜜のために働いた八十四名（推測）の蜂の名が列挙されているのだ。

マリー、

ローラ、

イザベル、

キャロライン

…………

ひととき、羽を休める時間が必要だったのではないかと、陽気な縞模様に隠された苦悩をぼんやり考える。

彼女たちが週末を過ごすための小さな家を、彼女たちのために仕入れようと考える。

空の色はようやく、日暮れ前の柔らかさを帯びてきました。ビルの連山に隠れたあたりが、ほのかな赤みを感じさせます。

蜜を味わいながら、お仲間になった方々とも話しました。

現在、養蜂に使われるのは、蜜の多く採れる西洋ミツバチ。しかし今回、ご一緒した女の方は、日本ミツバチの箱を二つ持っていらっしゃるそうです。

親子参加の方は、お子さんがミツバチに大変、興味を持っているそうです。小学生の六年間——大人が過ごす六年よりはるかに長く感じる中での、今のひと時。この子が、はるかに先、例えば老境に達し、どこかのビルの屋上で夕暮れの空を見た瞬間、遠い今がふっとよみがえるような気がします。

記憶とはそんなものです。

ついこの間、わたしは、日暮雅通《ひぐらしまさみち》の『シャーロック・ホームズ・バイブル　永遠の名探偵をめぐる170年の物語』(早川書房)を読みました。その途中で、わたしの小学校の、校庭を思いました。

全校生徒が整列しています。朝です。眼鏡をかけた校長先生が、朝礼台に上ります。そして、口を開きます。

若い医学生たちの前に、大先生がコップを出す。

――この中には尿が入っている。

そして、指を中に入れる。続いて指を出し、なめて見せる。

――やってみなさい。

蜜をなめるのとは、わけが違います。顔をしかめる学生たち。すると、先生はいうのです。

――今、わたしがコップに入れたのと、なめた指は違う。君たちはそれを、ちゃんと見ていなかった。

それから、観察の大切さを語ったというのです。

子供のわたしが感じ入ったか――というと、どうも嫌らしいひっかけに思え、素直に頷けませんでした。

ところが、ホームズについての、この本を読み進めていると、名探偵のモデルについてのく

だりで、ベル博士という人物が、

——これは劇薬だ。

といって、同じことをやっている。おやおやと思うと、続いて《カナダ人医師ウィリアム・オズラー》の逸話が出て来ます。

診断の助けとなるのは注意深い観察であり、よく観察して細かい点に注意することが重要だと強調したあと、糖尿病患者の尿をなめてみせたのだ。ベル博士と同様、人差し指を尿に浸し、中指をなめたのだったが、ビンを回して尿をなめた学生たちは気づかなかったという（ブレヴァートン『世界の発明発見歴史百科』）。

——元は、これだったのか！

と、思いました。

勿論、わたしが小学生の頃、この『世界の発明発見歴史百科』日暮雅通訳（原書房）はまだ訳されていません。しかし、朝礼の訓話には話の種本があります。管理職用です。おそらく、校長先生も、そういうものを読んでいたのではないでしょうか。あるいは、雑誌のどこかに、このエピソードが載っていたのかも知れません。

ともあれ、何行かの文章から、小学生だった日の朝が、鮮やかによみがえって来たのはうれしいことでした。

「ひとりになりたいミツバチのための家」ではミツバチに重ねて、人間の営みが語られています。マリーやローラやイザベル、そしてキャロラインは、わたしたちです。生きとし生けるものの、胸に染み入る文章でした。

一方また、人の一生の、湖ほどの記憶も、日々、スプーン一杯のそれを注ぎ続けての集積です。わたしの、六十年も前の朝の、記憶のひとしずくは、湖の底に眠っていました。それが、本を読むことで浮かび上がって来たのです。

一年前の五月、『猟奇島』という不思議な映画の題名に首をひねったところから、それからそれへと玉が玉にぶつかり、また別の玉に出会うようなことがありました。

同じものも、何歳の時に出会うか、読むか観るかで、全く違って感じられます。年と共に、見えなかったところが見えて来る。意味が分かったりする。

ひとつのものの真価、深さ、ありがたさは、年月を経、経験を重ねてこそ、やっと分かるものです。

そのためにも、日々、少しずつでも、蜜が集められたらと思います。

3

ミツバチを愛する少年の傍らに、わたしがいたことは、この子の記憶から、明日にも消し去られることでしょう。

ですが今、確かに、自分はその子と同じ花壇の縁に腰を下ろし、蜜を味わっている。これからまだ長い時を生きる少年の道と、わたしの歩みが、一瞬触れ合ったことがうれしいのです。

——サクラから集められた蜜は、確かにそんな感じがする。

そう思った時、担当さんがいいました。

「あの、宮さん時計ですが——」

萩原葉子さんが、父の思い出を語る、とっておきのものとしてあげた時計のことです。間近に迫った前橋でのトークの頃、文学館で展示されるそうです。ずっと写真だけで見、心にあったものと、ようやく対面できるのです。

前橋文学館の学芸員、松井貴子《まついたかこ》さんのご尽力によります。萩原朔太郎が、その音を喜び、繰り返し聴いたという宮さん時計。愛したマンドリンの響きにも繋がる、彼の音楽の原風景がこれでしょう。

何より萩原葉子さんが、《不器用な父がふと思い出したように、ネジを巻いて》いた、と語っているのです。

——音を聴いてみたい。

と、思うのは人情でしょう。

可能なら録音し、再生音をトークの会場に響かせたい。

ところが、それについては、

「宮さん時計は、もう鳴らないそうです」

時の波をくぐり抜けた、古いものです。予想はしていました。それでも、ちょっとがっかり。

担当さんは、松井さんの分析を伝えてくれます。

「——葉子さんは、《内側の機械のからくりが全部見えるのが面白い》《革のケースに入っている。ネジがケースの中に入っていて、巻くようになっている》と、書いています」

「はい」

「それは、その通りです。しかしさらに、明治維新を記念する時計が《貴重な物として東京の時計屋で売っていたのであろう》——とも書いていました」

「そうでしたね」

次の言葉は、驚くべきものでした。

「けれども松井さんがよく見ると、この時計は——フランス製だったそうです」

名探偵が犯人のマスクを取ったら、外国人の顔が見えた——そんな具合です。

「……え？」

輸入品だったのです。

「そこで当然の疑問が湧きます。フランスの時計が、明治維新を記念して作られたり、『トコトンヤレ節』を鳴らしたりするでしょうか」

エッフェル塔や凱旋門を背景に響く「宮さん宮さん」——違和感あり。

「うーん……」

「さらに、時計の底に刻印があった。それによるとこれは、マンドリンを習っていたお弟子さんたちが、朔太郎に贈ったもののようです。刻まれた日付は——大正六年十二月」

かなり新しい。

葉子さんの《慶応三年生れの祖母がこの時計を父のために求め》たという記述は、誤りだったことになります。《明治時代の時計は貴重品であった》という説明も、当てはまらない。

「……しかし、この時計から『宮さん宮さん』のメロディが流れて来た、それを聴くと、暗い家の中に《明るい太陽がさし込む思い》がした——という葉子さんの記憶は、あまりにも切実であり、具体的です。根も葉もないものでは、ないでしょう」

担当さんは頷きます。萩原葉子の、大事な思い出の時計なのです。

日は次第に、落ちて来ます。花壇の葉が、ビルの山脈の上を渡って来た風に揺れる。どこかから、小さく、

——宮さん、宮さん。

という声が聞こえてきそうです。

「……謎ですねえ。……懐かしい時計が、いきなり、不思議な時計になりました」

「この件については、松井さんが、さらに調査を重ねるそうです」

夕暮れの空は、銀座の上から遠く前橋まで繋がっています。トークの日には、その時計とも対面でき、また調べた結果もうかがえることでしょう。

4

トークは、第五十一回朔太郎忌イベントの第一部。対談の形で、松浦寿輝さんと登壇するという豪華版です。

対談は午後からですが、時計について知りたいので、午前中からうかがいました。一月に来て、今度は季節がかわっての前橋再訪となりました。

駅前まで、松井貴子さんが車でお迎えに来てくれました。早速、文学館に向かいます。いよいよ、謎の時計との対面です。

展示室の硝子越しに、見つめます。

「……思っていたより、小さいですね」

大人の男の掌にならい、乗りそうです。縦長の直方体。上に取っ手がついています。

「携帯に便利。旅行や移動に適したものです。東京に行く朔太郎に、マンドリンの教え子たちが贈った――というのが自然です」

松井さんは、職員の高橋弘志《たかはしひろし》さん、学芸員の福島《ふくしま》くる果《み》さんとともに調べた結果を教えてくれました。

「これには、目覚まし機能が付いていませんでした。――葉子さんは、思い出の時計は《目覚ましの時刻になると「宮さん」を唄う》と書いています。だとしたら、オルゴール付きのはずです」

「ははあ……」

「取り違えるような、似たものがあったのではないか。——角形置時計に絞って調べてみると、精工舎が明治三十五年から大正十二年頃まで、そういうものを作っているんです」

「おお……」

思いつき、すぐ捜査にかかるところが、学芸員さんだ。画像を見せてくれる。

——似ている！

「サイズもほぼ同じなんです。セイコーミュージアム銀座に展示されていたのは、大正十二年のもので——」

「オルゴール付き？」

「はい」

「曲は？」

「そちらは『君が代』でしたが、調べて行くと『宮さん宮さん』がありました」

素晴らしい。仮説は、立証されたといっていいでしょう。

わたしは謎が解けた快感で、思わず口早になりました。

「萩原家に、それが置いてあったんですね。葉子さんは、娘時代にそちらを聴いていた。——で、後から朔太郎が、似た形の時計を贈られた」

戦争もありました。古いものは消えてしまう。時が流れ、遺品を寄贈しよう——となった時、

残っていたそっくりさんを、葉子さんが、

——ああ、あれだ。

と思うのも、無理はない。

「で、精工舎の角形置時計の『宮さん宮さん』ですが、音声資料になっていて聴けるんです」

「——本当ですか」

思いがけないプレゼントでした。

こうして、わたしと担当さんは、萩原家に響いたであろう《明るい太陽がさし込む》音を耳にすることができたのです。

軽やかな響きでした。

「……時を超えて、朔太郎の近くに来られた気がします。これは、本当にありがたいです」

「機織る乙女」というマンドリン曲があります。萩原朔太郎作曲。

そして、『マンドリン・レボリューション』という、高柳未来《たかやなぎみき》の弾くＣＤ（キングインターナショナル）があります。

モンティの「チャールダーシュ」、斎藤秀雄《さいとうひでお》の「小二重奏曲〈蚊トンボ〉」など十六曲が収められていますが、冒頭、第一曲目が、朔太郎の「機織る乙女」なのです。

《確かな描写力を示すが、最後に機械が壊れる所など、ブラックユーモアも漂わせている。（中略）軽快な機織りが始まる。調子に乗り速度をあげていくが、最後に変調をきたし糸が張って機械が壊れる様が不協和音で示される。中野二郎《なかのじろう》ほかの校訂譜は最後を協和音に訂正しているが、当録音では朔太郎の草稿に従い、一切変更していない。また、後に削除した80―87小節を復元した》という行き届いた解説がついています。

音の方向から朔太郎に近づく手立てとして得難いものですが、いつかこの「宮さん宮さん」の響きも、前橋文学館で聴けるようになったら――と思います。

松井さんたちの、素晴らしい探索力に感激していると、

「いえ。こちらこそ、調査の貴重な機会を与えていただけて、ありがたいです」

にこにこしてしまいます。

5

松井さんは、展示された時計を指し、

「で、実は『宮さん時計』ではなかったこちらですが、これもまた、朔太郎がマンドリンの教え子たちからもらった貴重なものです。刻んであった名前は、福島鈔子、藤園香里《かおり》、小林今朝枝、黒田《くろだ》幸子《さちこ》です」

その方たちについての資料も見せていただきました。

黒田幸子は、前橋の清心幼稚園で、長く幼児教育に貢献した人。萩原朔太郎研究会に招かれ、昭和四十五年、師の思い出を語っていました。

授業の様子が面白い。狭い部屋の《隅に三角の戸棚があって、何種類もの洋酒が入っていま

した。それをちょいちょいカップに入れて、花の時分には花びらをちょっと入れてお飲みになり、ギターで伴奏をしてくださいました》。見えるようですね。

『月に吠える』が出た時には、署名入りの本を貰ったそうです。でも、《私は詩のことはわかりませんので読んでもちんぷんかんぷんでした。この本は当時神戸女学院の国語の先生をしていた知人で、岸という方がぜひ欲しいという問合せがあったのであげてしまいました》。もったいない。彼女にとって朔太郎はあくまでも、音楽の先生だったのですね。

藤園香里はペンネーム。歌人。姓は鈴木。香里という名は朔太郎がつけたといいます。《大正四、五年の頃、日本で二番目というギターを持つ先生にマンドリン教授さる》という前書きの歌が残っています。

先生と呼ばるるを厭ひ返事せず笑みかへしたるまなざし忘れず

長身にシルクハット燕尾服指揮棒ふりし柳座はなく

柳座というのは、かつてマンドリンの発表会のあったところです。その人の、朔太郎を回想する文章も見せていただきました。

マンドリンが上手になってくると、朔太郎は自分用のものを買えといいました。

間もなく私を店へ連れて行き、沢山の中から選んで下さったので、素晴らしい音色のでるマンドリンでした。「僕が選んだのですから五円のマンドリンでも、拾五円の価値《ねうち》がありますよ。」とおっしゃって笑って居られました。私は大切にしていましたが、空襲のとき、持って逃げようと二階の梯子段の降り口まで出しておいたのですが、とうとう焼いてしまいました。

藤園は、詩人としての朔太郎を理解していましたが、

先生からいただいた署名入りの詩集「月に吠える」も発禁になったとき削除された詩二篇の書き抜きも一緒に焼いてしまいました（中略）ほんとに残念なことをしました。

こちらの手からは、炎が『月に吠える』を奪ってしまいました。マンドリンの先生としての朔太郎の、生徒との繋がりは、わたしからは遠いところにありました。それを、不思議な時計が繋いでくれたのです。見えなかった朔太郎の一面が、見えました。

6

トークの会場となる、昌賢学園《しょうけん》まえばしホールまで、松井さんの車に乗せていただきました。

控室では、萩原朔太郎研究会第六代会長でもある松浦寿輝さんを始め、安智史《やすさとし》、エリス俊子《としこ》、栗原飛宇馬《くりはらひうま》さんたち春陽堂書店の『萩原朔太郎大全』に原稿を書かれた専門家の皆さんが迎えてくださいました。

田端文士村記念館で、朔太郎のＢｅｅのトランプについて教えてくださった栗原飛宇馬さんに、神保町で買ったトランプを見せ、

「わたしもＢｅｅを買いました」

と報告しました。朔太郎のそれについての、より詳しいことも聞けました。日本有数のトランプコレクター、和泉圭佑《いずみけいすけ》さんのご教示により、いつ頃のトランプか、特定されたそうです。

「一九三七年製のものでした。朔太郎が手品に熱中しだした頃と、ぴったり合います」

詩人の指が、確かにそれに触れていたわけですね。

さて、栗原さんのお話を聞いて、ジャン・コクトーの『大胯びらき』を読んだ話をしました。その中の一節が、わたしにとってうれしい発見だったことも、語りました。

前章であげたところです。同じ澁澤訳ではなく、ここでは、より入手しにくい山川篤訳の

『グラン・テカール』の方を引いてみましょう。

散歩をしている時、道を間違えたんではないかと思うほど、往きと復りとで、道の様子の違うことがある。日頃住んでいる村でも、丘の上からふと見ると、別の村に見えることがある。ジャックは、エストラパド街に出現したジェルメーヌを、これが自分の愛人だつたのかといぶかしく思つたし、そうなると、部屋も自分の部屋でないような気がして来るのだつた。

松浦さんが身を乗り出し、

「『猫町』じゃないですか」

そうなのです。

堀辰雄がコクトーに触れていた――というところまでは行っても、『大腭びらき』まで読んでみようという人は、なかなかいない。それが、萩原朔太郎に繋がるとは思わない。

朔太郎の「猫町」は、まず薬物により《夢と現実との境界線を巧みに利用し、主観の構成する自由な世界に遊》んでいた私が、次第に健康を害したところから始まります。そこで、運動のために散歩をするようになる。奇妙な経験をします。道に迷ってぐるぐる廻ったあと、にぎやかな往来に出ました。朔太郎はいいます。


それは全く、私の知らない何所かの美しい町であつた。街路は清潔に掃除されて、鋪石がしつとりと露に濡れてゐた。どの商店も小綺麗にさつぱりして、磨いた硝子の飾窓には、様々の珍しい商品が並んでゐた。珈琲店の軒には花樹が茂り、町に日蔭のある情趣を添へてゐた。四つ辻の赤いポストも美しく、煙草屋の店に居る娘さへも、杏のやうに明るくて可憐であつた。かつて私は、こんな情趣の深い町を見たことが無かつた。

歩いた時間から考えれば、近所であることは確かです。そんな近くにあるはずのない、不思議な町でした。

どうしてこんな町が有つたのだらう?

それはただ、《方位を錯覚したことにだけ原因して居》たのです。逆から入ることによって生まれる《不思議の町》。それは《磁石を反対に裏返した、宇宙の逆空間に実在したのであつた》。

この《錯覚》が、以前、書いた北越地方での「猫町」体験へと繋がって行くのです。

7

「堀辰雄は、コクトーの『大胯びらき』――『グラン・テカール』を、大正の頃から、原書で熟読していました。『猫町』が書かれるより、ずっと前です。堀は朔太郎を敬愛し、やり取りしていたのですから、この部分、この感性について、話していた可能性は大いにあります」

この辺りの検討は、まだなされていないようです。

「――ただの本好きのわたしには、手にあまることです。専門家の先生がお調べになる種になれば幸いです」

そこで、お昼のお弁当をいただきました。

――鳥めし。

開けると、ご飯の上に、大きめだけれど薄切りの鶏肉。その加減が、薄過ぎず厚過ぎずで、丁度いい。たれの味もほどよく、口に運んで食べ飽きない。

「群馬の食べ物というと、学生時代の友人がよくいっていたので、焼きまんじゅうが浮かびます。――ご飯物となると、これなんですね」

初めての体験でした。

愛知大学短期大学部教授の安智史さんは、『萩原朔太郎大全』に「萩原朔太郎と江戸川乱歩」を寄せています。

ご挨拶し、

「わたしも二人について書きましたが、『大全』の方は、後から読みました。乱歩は朔太郎の『死なない蛸』を評価しています。それは勿論、知っていました。しかし、その初出が『新青年』で、しかも『パノラマ島奇談』の最終回と同時掲載――とは気がつきませんでした。――

教えられました」

「いえいえ」

安さんは、微笑みます。わたしは、

「『新青年』は、あまりに大部なので、復刻本にしたところで、とても全部は揃えられません。『パノラマ島』は、第二回の号だけ持っています。しかし、最終回までは押さえていなかった。――光文文化財団の堀内健史《ほりうちたけし》さんにお願いして、問題の号を見せてもらいました」

こういう場合、今までなら、池袋のミステリー文学資料館を訪ねていました。残念ながら閉館中。そこで、しかるべきところを通し、資料閲覧を願い出たわけです。

「――昭和二年の四月号でした。実際に手にして見ると、何と目次の『パノラマ島奇譚（完結）』と『死なゝい蛸』が――隣り合っていたんです。オレンジ色の文字が並んでいた。たまたまですが、この距離感がたまらない。目次を開いた乱歩が、どう思ったか」

担当さんが、

「……電車の席に着いたら、隣に朔太郎がいたようですね」

「はい。何度も読んだ『死なない蛸』ですが、あらためて『新青年』の見開き二ページに載っているのを見ると、――ここにいたのか、という感慨がありました。編集後記で触れられていないか――とページをめくりました。巻末の『編輯局から』を――横溝正史が書いていました。横溝とは、これまた大物。《新青年を一任されてからこれが第二冊目である》《僕がやり出してから、面白くなくなつたなんて事になると癪だから大いに勉強する積りでゐる》という。ひょっとしたら乱歩が新人編集長に『パノラマ島』の原稿を渡しながら、——詩人の萩原朔太郎さんに、原稿を頼んだらどうだろう。何か面白いものを書いてくれるかも……なんてヒントを、出していたかも知れませんよ」

そんな場面を想像するのも面白い。何より乱歩自身が読んでみたいはずです。担当さんも編集者の顔になり、大きく頷きました。

せっかくですから、新しい情報を付け加えたいと思い、

「——評判はどうだったか気になりますから、次の五月号も見てみました」

「ほお」

と、安先生も関心を示してくれました。

「諸氏の感想が載っていました。三島由紀夫も愛した『神州纐纈城《しんしゅうこうけつじょう》』などで知られるのが国枝《くにえだ》史郎《しろう》。その国枝が《萩原朔太郎氏の『死なない蛸』は素晴らしく可いものですね。『月に吠える』以来私は萩原氏の詩を愛読して居ります》といい、『砂絵呪縛《すなえしばり》』を代表作とする土師《はじ》清二《せいじ》が、《萩原朔太郎氏の『死なゝい蛸』は、詩のわからない私ですが、とても素晴らしいものだと思ひました》という言葉を寄せていました」

8

話がはずむうち、文庫化されたわたしの『雪月花』中、朔太郎の「天景」の読みについて触

れた箇所も、話題になりました。

しづかにきしれ四輪馬車、
ほのかに海はあかるみて、
麦は遠きにながれたり、
しづかにきしれ四輪馬車。
光る魚鳥の天景を、
また窓青き建築を、
しづかにきしれ四輪馬車。

高校時代から折に触れて開いた、現代教養文庫の『朔太郎のうた』を持って来ていました。半世紀以上前の本です。

「ぼろぼろですが——」

それだけ愛着のある一冊です。無論、若き日には声に出して読んだりもしました。そのページを開く。原典『月に吠える』にないのですから、《四輪》にルビは振られていません。わたしはごく自然に《よりん》馬車と読んでいました。語調からいって《よんりん》馬車ではあり得ませんから、そう読むのが普通でしょう。岸田《きしだ》今日子《きょうこ》の朗読も《よりん》でした。

ところが大人になってから、新潮社の朗読CD、井川《いがわ》比佐志《ひさし》の読む『萩原朔太郎詩集』を聴いたら、何と《しりん》と読んでいたのですね。《四》は本来《し》ではありますが、《四輪《しりん》》などといったら、金輪《こんりん》・水輪・風輪・空輪、あるいは金輪・銀輪・銅輪・鉄輪を表す仏教語になってしまいます。何より、《しり》の《-i＋-i》という音の続く詰まった感じが、まことに聴き苦しかった。

谷川俊太郎が《よりんばしゃ》と読んでいるのを聴き、心が広がりました。それでこそ、馬車は進むと思いました。

「黒い風琴」で、

お弾きなさい　おるがんを
おるがんをお弾きなさい　女のひとよ。

と頭韻を重ねた朔太郎です。その彼が、《しづかにきしれ》と、次の語《きしれ》で語頭の《し》を捨てています。それなのに、読み手の方が《し》に執着するのは、自然とは思えません。

大岡信《おおおかまこと》の『折々のうた』では、引かれたこの部分に《しりんばしゃ》とルビが振られていたそうです。その影響は小さくないでしょう。大岡信がそう読むのは問題ありませんが、『月に吠える』にルビがないのですから、振ってもらいたくはない。『折々のうた』の最初の発表形態は新聞です。多くの読者に対し、確定した形で示したいという新聞編集者の意図があったかも知れません。

出版社には時折、読みの定まらない箇所について、

——正しいのは、どれか？

という問い合わせがあるそうです。朗読する人なら答えがほしい。分かります。

しかし、新潮社校閲部の部長だった井上孝夫《いのうえたかお》さんに『その日本語、ヨロシイですか？』（草思社文庫）という著書があります。複数の読みが考えられる時、ルビを振らない例が出てきます。そういうこともあるのです。

唯一の正解を求める人には不満でしょう。しかし、表現とは数学の問題ではありません。それぞれの解釈で読んでもらうのが、正しい場合もあるのです。

一方、宮沢賢治《みやざわけんじ》の『春と修羅』には、

四月の気層のひかりの底を
唾し　はぎしりゆききする
おれはひとりの修羅なのだ
（風景はなみだにゆすれ）

という一節があります。この《唾し》の《唾》には《つばき》とルビが振ってあります。

普通、この動詞は、天に唾する——という慣用句で知られる通り、《つばする》と読みます。

しかし、詩集『春と修羅』の初版本では《つばきし》となっている。賢治は、そう読ませたかった。残っている原稿には、彼の手で、はっきりルビが振ってあります。なければ人は《つばし　はぎしりゆきする》と読んでしまう。言葉が流れる。賢治の訴えたいことは、通常の読みを超えたものだったのです。

こういう場合に、詩人は主張します。

9

朔太郎は「四輪」に、ルビを振らなかった。『萩原朔太郎大全』の「天景」にも、無論、ルビはありません。

一方、同じ本に収められた、吉増剛造の「太古のおもいで《ノスタルジア》　猫町（2011.9.1——9.11）」中にある《しづかにきしれ四輪馬車》には《しりんばしゃ》と振られています。これは、全く問題ありません。吉増先生の読みですから。

詩人の影響力は強いものです。わたしには吉増先生のひと言で変わった生活習慣があります。

ある時、先生が、

——毎日、朝ドラを観ている。

と、おっしゃった。どういう流れだったかは忘れましたが、

——そうかー、吉増剛造は朝ドラを観ているのかー！

と、意外感と共に、脳に刻み付けました。

わたしと吉増先生は、同時期、早稲田にいたことがありました。何かの折に先生に近づき、

——朝ドラを観ていらっしゃるそうですね。

——ええ。

わたしは、一歩踏み込み、

——今までのものでは、何がよかったでしょうか？

先生は、ちょっと考え、

——『ちりとてちん』です。

いいなあ……と思いました。吉増剛造の口から出る、この響き。

それ以来、わたしは朝ドラを録画し、観るようになりました。

朝ドラの再放送は、何回もありました。しかし、まだ『ちりとてちん』には出会っていません。落語家の話のようです。

わたしは、うちにテレビなどなかった頃から、ラジオ落語を聴いています。それだけに、役者が演じるそれには、拒否反応があります。

六十年ほど前、安藤鶴夫《あんどうつるお》が『巷談 本牧亭』で直木賞を受賞し、舞台で上演されました。確か中村翫右衛門《なかむらかんえもん》が講釈師の役をやり、本職より上手いと新聞の劇評に出ていました。子供の頃、それを読み、とても嫌でした。

同じことです。落語家がやるから落語なのです。巧拙を超えた聖域というのは、あると思う

のです。

役者が犯罪者の役をやるのは受け入れられる。しかし、犯罪をやったら嫌でしょう。落語家の役をやるのはいい。しかし、落語をやってほしくはない。

しかしですね、吉増先生に、

――『ちりとてちん』です。

といわれたら、これはもう仕方がありませんね。そりゃあそうでしょう。はい、観たいです。やったら観ます、『ちりとてちん』。

10

昼食の場には、エリス俊子さんもいらっしゃいました。

『萩原朔太郎大全』の「猫たち」では、朔太郎の詩世界の猫、そして動物たちについても考察されています。《朔太郎の猫は、追っても、追っても、猫のかたちにたどり着くことがない》と始まります。これを書かれたのが、名古屋外国語大学世界教養学部長のエリス俊子さん。

「わたしは《しりん》です」

そういわれるとこちらも、自分の考えを並べて受けました。勿論、読みは、ひとつではありません。

そこに解釈の冒険もあり、深さも生まれます。

テキストに対し、読みのバトンを渡す人としてすぐに浮かぶのが翻訳者です。

そこに目を向けると、読みの多様性が明確になります。

半世紀ほど前に刊行された、井上ひさしの『天保十二年のシェイクスピア』には、有名な『ハムレット』第三幕第一場の独白、《to be, or not to be, that is the question!》の邦訳が並びます。

王次 生か、死か、それが疑問だ！

隊長 昭和三十四年の福田《ふくだ》恆存《つねあり》先生の訳ですな。

王次 このままでいいのか、いけないのか、それが問題だ。

隊長 ただいまのは、昭和四十七年、小田島《おだしま》雄志《ゆうし》先生の訳です。

王次 生き続ける、生き続けない、そこがむずかしいところだ。

隊長 昭和四十六年、木下《きのした》順二《じゅんじ》先生のご飜訳。

と、次々に紹介されます。さらに八人の訳のあと、

王次 ながらふべきか、しかしまた、ながらふべきにあらざるか、ここが思案のしどころぞ。

隊長 同じく明治十五年、矢田《やた》部良吉《べりようきち》先生のご飜訳。矢田部先生は東京大学に生物学科を創立した植物学者です。

この矢田部先生をモデルにした人物が、朝ドラ『らんまん』に出てきます。こんなところで、話が朝ドラに繋がるのが面白い。そして、

さて、おしまいは、日本で最も古い訳です。これは明治七年にチャールズ・ワーグマンという『ロンドン・ニューズ』紙の日本特派員が日本語にしたもので、

王次 アリマス、アリマセン、アレハナンデスカ。モシ、モットダイジョブ、アタマ、ナカ、イタイ、アリマス。

二十代だったわたしは、ここを読んで喜びましたね。蜷川幸雄《にながわゆきお》演出の舞台、『天保十二年のシェイクスピア』でも、ここは受けていました。聞かせどころですね。

喜んだだけではない。わたしは、井上ひさしは、そんな昔の『ロンドン・ニューズ』紙まで調べているのか——と感心しました。

しかし、人は生きていると、いろいろなことを経験します。それによって、

——なるほど、あれはこういうことだったか！

と思えます。

神保町の古書店を半世紀以上巡っていると、様々な本に巡り合います。中央公論社から出た坪内逍遥《つぼうちしょうよう》訳の『新修シェークスピヤ全集』は、我々の世代なら中学校高校の図書館で普通に

出会っています。あって当たり前の本でした。しかし、その特別付録『沙翁復興』には、なかなかお目にかかれない。

わたしはこれを神保町で、十冊買っています。

その④を見て、あっといいましたね。山口武美の「本邦沙翁文献解説」という連載が始まっている。

それによると、シェークスピアの名が初めて日本の文献に登場したのは渋谷（正しくは本文中にある〝渋川《しぶかわ》〟）六蔵《ろくぞう》編の『英文鑑《えいぶんかん》』。そこに《シヤケスピール》と出ているそうです。で、この『英文鑑』が——天保十二年の本として出ている！

11

さらに、明治七年のところにあるのが、

《新日本訳ハムレットさんの劇　チヤールス・ワーグマン》。

ハムレットさん！　いいなあ。

これは其年《そのとし》横浜から「ザ・ヂヤパン・パンチ」といふ瓦版に出たもので、美濃紙にハムレツトの有名な独白《せりふ》を自筆のまゝ印刷に附してゐる。訳文の上部に独白中の王子ハムレツトが丁髷《ちょんまげ》姿で、こゝのところ宜《よろ》しくといふ所で、口をへの字に結んでゐる。訳文の方は原文を羅馬字訳《ローマじやく》にしてある。羅馬字の文献として見落されない貴重な文献であらう。

Arimas, arimasen are wa nan des-ka : ——

以下、ローマ字表記が続く。そして、日本の表記にしたものが、

ありますありませんあれはなんですか
若《も》しもつと大丈夫《だいじょうぶ》頭《あたま》中《なか》痛《いた》いあります
（中略）
あなたさよならそーして手《て》ポンポン

その後には、ワーグマンが《ロンドン・ニウスの通信員》だったことまで書かれています。

——つまり、井上の引用材料が全て揃っているのです。

——元は、これだろうなあ……。

より片言めかすために、ひらがなではなく《アリマス、アリマセン……》という表記にしたのでしょう。

『沙翁復興④』の表紙で大きく目を剝いている《ロバート・B・マンテルの扮せるチヨン王》と向き合いながら、井上ひさしも、この顔を見たのだろう——と思うのは、うれしいことで

す。

無論、この「本邦沙翁文献解説」が、後に本にまとめられた可能性はあります。しかし、あまりにも広く普及した逍遥訳『シェークスピヤ全集』の付録です。井上の目が行ったのは、まずこちらでしょう。

それにしても、本というのは、取り敢えず、何でも買っておくべきものですね。

さて、『天保十二年のシェイクスピア』で、翻訳者がシェークスピアから受け取り、次へと渡した、様々なバトンを知ることができました。

そうやって完成された日本語版戯曲は、今度は、演出家の解釈を経て、観客へと手渡されます。

シェークスピア全戯曲の翻訳を完成させた松岡和子《まつおかかずこ》さんは、ご覧になった素晴らしい舞台の演出について、いろいろと語られています。しかし、それだけでない。実は、戯曲と我々の間に立つ、別の人についても語っているのです。

誰か。——役者です。

これがわたしには、とても新鮮でした。

——松《まつ》たか子《こ》さんに言われちゃったのよ。

などと、聞けば、

——え、どういうこと？

と、思うでしょう。

ここでは、『はじめて話すけど……　小森収《こもりおさむ》インタビュー集』（フリースタイル刊、創元推理文庫）中、松岡さんの「戯曲を翻訳する幸せ」から引きます。

今、いくつもの訳例を引いたハムレットの独白ですが、ちくま文庫の松岡さんの訳ではこうなっています。

ハムレット　生きてとどまるか、消えてなくなるか、それが問題だ。

その後に、ハムレットを愛する、オフィーリアが登場します。有名な《尼寺へ行け》の場面です。

オフィーリア　殿下、頂戴した品々、
いつかお返ししなければと思っておりました。
どうかお納めください。
（中略）
お返しいたします。品位を尊ぶ者にとっては
どんな高価な贈物も、贈り手の真心がなくなればみすぼらしくなってしまいます。
さあ、どうぞ。

ハムレット　ははあ！　お前は貞淑か？

オフィーリアは、ハムレットからのプレゼントを返そうとしている。そこで、誰への贈り物かを《to the noble mind》といっている。

松岡さんは、語ります。

noble mind というのは自分のことなのね。自分に向かって noble と言うなんて、なんかヘンって思ったのがきっかけなんです。私は、ヘンだな、オフィーリアらしくないなあって思ったけども、オフィーリアらしくしちゃ、マズいだろうと思って、「品位を尊ぶ者」と訳した。さすがに「高貴な者」とは言わせられない。自分を高く見ていることになるから。どうしたものかな、よく言うよっていうのが、私の正直な気持ちだった。そうしたら、松たか子さんに言われちゃったのよ。

12

「私、それ親に言わされてると思って演ってます」。ホントに血の気が引いた。

この部分はまさに、オフィーリアの父、ポローニアスの言葉遣いだというのです。ポローニアスはそういう《変にレトリカル》なしゃべり方をする。

松岡さんの言葉は続きます。

ね、だから役者ってすごいと思っちゃうわけ。で、それを聞いてた真田《さなだ》広之《ひろゆき》さんが、僕もそれを感じるから、裏に親がいると思って、すぐ「ははあ！　お前は貞淑か？」と出られるんだって言うの。もう、まいっちゃって。確かに、これはポローニアスの文体に違いない。でも、心配だから、ネイティヴの人に聞いてみたら、そうだ、そうだという返事。とくに、マイケル・マロニーって知ってるかな、イギリスのすごくいい俳優で、ケネス・ブラナーの映画では常連。このあいだ、蜷川幸雄演出のRSC版『リア王』のときは、エドガー役だったんですよ。彼は映画の『世にも憂鬱なハムレットたち』で主役をやってるし、舞台でも『ハムレット』を演ってる。だから、聞いてみたの。そしたら「あーっ」って言って「気がつかなかった、でも、そうに違いない」。

スリリングですね。裏で糸を引くポローニアスの存在が、言葉の響きから、一瞬に見える。ハムレットは、その瞬間、オフィーリアの背後に仇、クローディアスの影を見るわけです。聞き手の小森さんが《それは発見の部類に属するわけですね》という。

（うなずく）そこをやるためだけにでも、もう一回ハムレットを演りたいって言ってた。

マイケル・マロニーに、こういわしめた。オフィーリアとして生きていた松たか子は、それに気づいた。

同様の例が、二〇二〇年の『埼玉アーツシアター通信』にも載っていました。松岡さんの「いつも心にシェイクスピア」という連載の、第三回です。

二〇一〇年上演の『ヘンリー六世』について語られています。そのまま演れば最低九時間はかかってしまう、長大な戯曲です。三部作を二部にし、引き締まった形にすべく、河合祥一郎《かわいしょういちろう》が上演台本を作りました。

稽古が始まったある日、ジャンヌ・ダルク役の大竹《おおたけ》しのぶに声をかけられました。

――松岡さん、ちょっといい？

13

攻め寄せるイングランド軍から祖国を救えという神の声を聞き、フランス軍の先頭に立ったのがオルレアンの少女――ジャンヌ・ダルクです。

大竹しのぶは、いう。

――ここカットしちゃダメなんじゃない？

第一部第三幕第三場。ジャンヌが、イングランド側に付こうとするバーガンディ公爵に翻意を迫るところがあります。その直前の場面。

ちょうどその日は河合さんも稽古場にいらしていたので、即すっとんで行き、しのぶさんの考えを伝えました。河合さんも「えっ、ああ、そうか」となり、「あの太鼓の音で分かるでしょう、イングランド軍がパリに向かって行進している。あそこに行くのはトールボット、彼の旗をなびかせ、イングランドの全軍を従えている。さあ、最後がバーガンディ公爵とその軍」は復活。

どういうことか。大竹しのぶはいったのです。《だって、この太鼓の音はジャンヌだけに聞こえるんでしょ？》。

凄い。

「遠くで太鼓の音」というト書きは、1623年出版のシェイクスピア全集中の『ヘンリー六世』にもあるのですが、大竹しのぶさんの解釈は大いにアリ。

——わたしだけが、わたし一人だけが、それを耳にし、目にすることができる。だってわたしは——ジャンヌ・ダルクなのだから——

この、遠い遠い進軍の音は、人間には聞こえない。ただ、オルレアンの少女にだけ届く。大竹の解釈通り、舞台は太鼓の響かないものになりました。

周囲の人々がぽかんとする中で大竹ジャンヌはじっと耳を凝らしてこの台詞を言い、直後に登場する馬上のバーガンディ公に、翻意を促す。公爵はまるで催眠術にかかったような反応を示し、「この娘の言葉が俺に魔法をかけたのか」と呟いたあげく、彼の軍隊も戦力もフランスに捧げると言うのです。

松岡さんの文章を読み、あらためてＤＶＤを観返しました。――神懸かりの娘が、確かにそこにいました。

テキストという泉の水をどう味わうかは、読み手によって違います。大竹しのぶの読みは前例がなく、また続く者がいなかったとしても、存在価値を持つものです。読みは多数決では決まらない。

一行からも、一語からも、自分なりの発見をすることがあります。《四輪馬車》の読みについても、ひとつの正解などありません。わたしは、わたしの読みでいいわけです。

しかし、やり取りを聞いていた松浦寿輝さんが、

「わたしは《よりん》です」

というのを聞くと、やはり、うれしかったですね。

そこに、萩原朔美さんがいらっしゃいました。葉子さんが朔太郎の遺品として熱く語っていた《宮さん時計》が、もうひとつの別の時計だったことをお話ししました。

葉子さんの寄贈の仕方は、家にあったものをまとめて渡すような豪快なものだったそうです。

「トランプにしても、戦後のが混じっていたというのは、ぼくが使ってたやつじゃないかな」

いかにも、萩原葉子さんらしい。

14

トークは対談形式です。

場所が前橋ということで、わたしはまず、前橋中学出身の百目鬼《どうめき》恭三郎《きょうざぶろう》の朔太郎体験から始めました。『乱読すれば良書に当たる』（新潮社）の中で、百目鬼はいいます。

私が朔太郎にひかれるようになったのは、旧制高校に入って、寮の研究発表会で、隣室の丸谷《まるや》才一《さいいち》が萩原朔太郎論を発表してからである。もう少し即物的にいうと、丸谷があの大きな声で、朔太郎の詩「遺伝」を朗読するのを聞いてからである。犬の遠吠えをあらわした例のルフラン（繰り返し）、「のをあある　とをあある　やわあ」を、気取った人工的なイントネーションをつけて朗読するのを聞いたとき、私はただもうびっくりしてしまったのである。

それ以前に、私はE・A・ポオの「大鴉」を原文で読んで、「ネヴァモア」というルフランの効果に感心したことがある。「遺伝」のルフランもこの影響をうけているのであろうが、ネヴァモア（二度とない）とちがって、こちらのほうは意味のあるコトバでもないし、擬声語に徹しているわけでもない。一種不思議な表現が、私をとらえたわけである。

《あの大きな声》とありますが、丸谷才一対談集『冗談そして閑談』（青土社）の最初に収められているのが「大声について」。その出だしで吉行淳之介《よしゆきじゅんのすけ》が《丸谷才一、開高健《かいこうたけし》、井上光晴《いのうえみつはる》の三氏は、文壇三大声といわれていますね》といっています。

その丸谷が、

――のをあある　とをあある　やわあ

と読み上げるのは、聞きものだったでしょうね。

少年の頃から前橋にいた百目鬼は、《風や光の感触までわかっているような気になる》「郷土望景詩」、中でも「広瀬川」が一番好きだといいます。「小出新道」については、

私の家に近かったから、「暗鬱なる日」がどのような光と影をもっているか、「家並の軒」がどのようなものかなどは、知悉《ちしつ》しているつもりである。だから、この風景を知らない読者より、私のほうがこの詩をよく理解できる、という安心感があったことは否定できない。大学に入ってから、同級の篠田一士《しのだはじめ》に向かって、「郷土望景詩」は、実際の風景を知らないとわからないといったところ、作品の自律性を主張するニュークリティシズムに凝る篠田に、

さんざんやっつけられたことがある。

わたしは、「郷土望景詩」を、前橋を知らない頃から、繰り返し読んでいました。《よく理解できる》という地元の人の体験を超えて、それを時に声に出して読む時、我々は朔太郎の前橋にいると思いました。

無論、現実の広瀬川の流れを見た時の感慨は、また格別なものではありましたが。

百目鬼は、朔太郎の詩の中でも《「竹、竹、竹が生え。」という表現がつよく印象に残って》いるが《私は何によってこの詩を読んだのであろうか》と自問します。

前橋市立図書館編『萩原朔太郎書誌』をたよりに、おぼろげな記憶をたどってゆくと、どうやら昭和十一年に刊行された辻野《つじの》久憲《ひさのり》編『萩原朔太郎人生読本』（第一書房）であったらしい。が、それをたしかめるには、この本が古本市に出るのを気長に待つか、これを所蔵している前橋市立図書館まで出かけるかしなければならないわけで、このような自分自身の些《さ》細《さい》な過去でさえ、たしかめようとすればおそろしく手間暇かかるのである。まして、時代のちがう他人の過去を詮索しなければならない近代文学研究は、さぞ大変な苦労だろうと同情したくもなる。

これを読んだ時、うちの書棚にはその本がありました。百目鬼とは時代が違う。もう、ちくま文庫に入っていたのです。

それでも、その文庫本自体、今では三十年ほど前のものになってしまいました。

今回、取り出して見ると「捕手」というエッセイに、付箋が貼ってありました。

わたしは、ここが、いかにも朔太郎らしい——と思ったわけです。


捕手《とりて》というものほど、醜劣で不愉快な人物はない。僅か一人の罪人を捕えるのに、何十人もの大勢で取り囲み、逃げ腰になってびくびくしながら、そのくせ執念《しゅうねん》深く遠巻きにして、絶えず御用御用の声をかける。（それは敵を心理的に疲らせる為である。）そして敵が進めば逃げ、逃げれば追いかけ、遠くから目つぶしを投げたりして、あらゆる残忍卑陋《ひろう》な手段を尽し、最後に犠牲者が疲れるのを待ち、漸く大勢がかりで召捕《めしと》るのである。捕手という奴等ほど、卑怯で、下劣で、陰険で、残忍性の毒々しい人種はない。


《捕手》のルビは全集では《とって》となっています。この朔太郎忌のトークで、以前、お話しなさったのが、『月に吠えらんねえ』で知られる漫画家清家《せいけ》雪子《ゆきこ》さん。『萩原朔太郎大全』にも「朔くん断片①〜⑧」を寄せています。

わたしが、『人生読本』を読んだ頃には、まだ清家さんの、その『月に吠えらんねえ』は生まれていなかった。しかし、今、「捕手」を読むと、どうなるか。

わたしは、壇上でいいました。

「《何十人もの大勢》に取り囲まれ、《御用御用の声をかけ》られている《僅か一人》が、清家さん描く、《朔くん》に思えてきます」

15

百目鬼は、《『竹、竹、竹が生え。』》について、《私は何によってこの詩を読んだのであろうか》と書いています。

「……こういう文章を読むと、ある雑誌に載った投書を思い出します。保育園か幼稚園か、とにかくそういう頃から知っている相手と結婚した奥さんの投書です。――わたしには、彼との最初の出会いが、いつ、どこで、どういう形だったか分からない。それが、とても哀しい」

取り戻すことのできない、出会いの記憶。わたしは、会場を見渡して続けました。

「――幼なじみ。自分の夫は、いつの間にか側にいた。それは幸せです。でも、この奥さんの気持ちも分かりますね。――さて、では、わたしの朔太郎との出会いはどうか。これが、分かるのですよ。中学校の夏休みの課題――『夏休みの友』とかいう、ああいった感じのものでした。友達同士では『夏休みの敵』だよ、なんていってましたが。――一日ごとに、国語、数学、理科、社会の問題が並んでいる。その最後の最後、おまけのページに『蛙の死』が載っていたのです。コラムのような、こぼれ話のような形でした」

蛙の死

蛙が殺された、
子供がまるくなつて手をあげた、
みんないつしよに、
かはゆらしい、
血だらけの手をあげた、
月が出た、
丘の上に人が立つてゐる。
帽子の下に顔がある。

「――驚きました。教科書だったら、載らないような詩です。教育ママだったら、顔をしかめるかも知れません。それがぽつんと出ていた。勿論、設問に答えよ、なんて無駄なことは書いてない。ただ、そこにあった。それがよかった。――これには、心をつかまれました」

そこで、思い出し、

「実は、有名な詩に、先入観なしに出会うという体験は、小学校五年か六年の時にもありました。高村光太郎《たかむらこうたろう》の『道程』です。教科書に載っていた。授業でやりました。でも」

僕の前に道はない
僕の後ろに道は出来る

「――というのを読んで、馬鹿に理屈っぽい人だな、と思っただけでした。子供だから仕方ない。『蛙の死』は違った。半分、透き通ったような、柔らかい言葉がそこにありました。手を伸ばせば、触れるようだったのです。こんな言葉には、出会ったことがなかった。ハギワラサクタロウという名前を覚えました。――以前、歌人の天野《あまの》慶《けい》さんと手紙形式のやり取りをしたことがあります。天野さんが、お子さんを動物園に連れて行き、子供が初めて象を見た――と書きました。次の回で、わたしは、本当に初めてなんでしょうか――と問いました。わたしは小学生の時、父に、上野動物園に連れて行ってもらいました。その時、子供用のフジペットというカメラを持って行き、象を撮りました。今も、その写真を持っています。それが、生きている象との初対面でした。――しかし、いってみれば、それは象の――再確認でした。わたしはその前に、絵や写真で、象というもののイメージを持っていた。もし、その存在を全く知らずに、象の前に立ったら、どれほど驚いたことでしょう。――わたしは、その回で、ナイアガラの滝のことを語りました。写真でも、映画やテレビでも、我々はナイアガラの滝を見ている。イメージを持っている。――しかし、何も知らずに森の中を歩いていて、得体の知れない響きを聞く。次第にそれが轟々たる水音になる。かつて耳にしたことのない、地響きのような音です。木々の間を抜けた時、そこに、滝という概念を打ち破るような、凄まじい眺めがあったら、その時の感銘――というより、戦慄はどうでしょう」

「そういう意味で、わたしは、何の先入観もなしに、『蛙の死』に出会えたことを、とても幸せだったと思っています。わたしの指はその時、確かに朔太郎の柔らかな言葉に触れたのです」

16

読む、という行為の主体となる自分は、時と共に経験を加えて行きます。昨日と今日のわたし、そして明日のわたしは違う。だから、読書の定点観測ということがいわれる。同じ本を、時を経て読む。それによって、若い時にはつかみ取ることのできなかった宝が得られる。

それは全く正しいのですが、一方、ものを知らない頃の読書もまた、無垢の舌だけが知ることのできる味を――発見の喜びと驚きを与えてくれます。

さて、最初の印象は強かったけれど、中学生の頃、手に取ったのはやはり、芥川などの小説でした。高校生になってから、隣の市の、田舎にしては大きな書店で、現代教養文庫の『朔太郎のうた』を買いました。これは、文字通り、座右の書になりました。

わたしは、それから復刻版『月に吠える』などに進んだ朔太郎体験を語りました。

そしてここまで、この文章の「授業から映画」「映画から手品」「手品から蜂」……と語って来た、朔太郎に関する話題の幾つかを取り上げました。

松浦さんは、わたしが控室で話した、『大膀びらき』中に「猫町」に繋がる箇所があることを語るよう、水を向けてくださいました。

話そうかと考えていたのに、うっかりしたところも、いろいろとありました。例えば、萩原朔太郎研究会第二代会長、西脇順三郎のこと。

うちの父は、戦前の慶應義塾大学で、西脇に教わっていました。六大学の野球試合が、今のWBCのそれのように人々の話題になっていた頃で、ことに慶早戦の時の学内の盛り上がりといったら、大変なものでした。

これはわたしの『慶應本科と折口信夫　いとま申して2』（文春文庫）に書いたことですが、授業そっちのけで野球の話をする先生もいる興奮状態の中で、西脇は首をかしげていったそうです。

野球などというのは、一回やれば勝負がつく。――それなのにどうして、二回なんてやるのだろう？

父が、日記に書きとめておいてくれたおかげで分かります。

六大学野球は二つ勝つことによって、勝ち点が取れる。一勝一敗になったら、第三戦にもつれ込む。そこに勝負のあやがあり面白みも生まれるわけです。しかし、西脇からすれば全くの――無駄。

教場でもらした、このひと言は、皮肉でも何でもないでしょう。本当に、不思議がっているのです。

いかにも、西脇らしい。

その西脇が、留学先のロンドンに、ただ一冊持って行った日本の詩集が『月に吠える』でした。以前の「授業から映画」の章で、わたしは担当さんに、三択のクイズを出しました。

「西脇順三郎は、ロンドンで繰り返し『月に吠える』を読みました。さて、①泣きながら――読んだでしょうか、②笑いながら――か、それとも、③悔しがりながら、だったか」

実は、これを壇上から客席に問いかけようと思っていたのです。そして挙手してもらう。一方的な話ではなく、聞く側が、そういう参加の機会を得ることは、いいことだと思います。

しかし実際には、話す材料があまりに多く、そこまで手が回りませんでした。パノラマのこともあり、『新青年』のこともある。それは悪いことではない。幅広く断片を出しておけば、後は客席の皆さんが、それぞれに広げてくださる。

《不思議な時計》については、前橋文学館の方が、わざわざ大きなパネルまで作ってくれていました。

松浦さんが、

「それは――」

と、指さしてくださり、そうだそうだとパネルに手を伸ばし、掲げて、お話しすることができました。

予定時刻が迫って来たところで、松浦さんは、わたしの『詩歌の待ち伏せ』（ちくま文庫）についても触れてくださいました。おかげで、わたしの朔太郎体験の中でも印象的なことのひとつを、語れました。

その本に書いたことですが、以前、私の隣の市にあったデパートで、書道教室の作品展をやっていました。時間つぶしのつもりで、ふらりと入ってみました。

そこで、次の詩句が、私を待ち伏せしていたのです。

黒いリボンに飾られた　先夜はあなたの写真の前で
しばらく涙が流れたが
思ふにあなたの人生は　夜天をつたふ星のやうに
単純に　率直に
高く　遥かに
燦爛として
われらの頭上を飛び過ぎた
師よ
誰があなたの孤独を嘆くか

悼詩。「師よ　萩原朔太郎」の結びです。最後に、これを読み上げることができました。松浦さんが、

「――三好達治ですね」

と、いいました。

17

パノラマに関しては、書いておきたいことがふたつありました。

ひとつは、銀座に蜂の見学に行くきっかけとなった、画家の山口晃さんのこと。その『すゞしろ日記』には、何と《乱歩の「パノラマ島」を読んで以来、パノラマが気になっていた》という回があるのです。

《通路をぬけて》《東屋の様な所に出る》《すると眼前には、屋内のはずなのに――》ジオラマから背景へと、巧みに繋げられた眺めが――《例へば大平原なんぞが広けていたりするのだ》。

手摺りをつかんだ画伯が、《やや!!》

「こはいかに!?」

無論、空想の中の驚きです。《博物館などで「小ぶり」なそれは見かけるが》鑑賞者をぐるりと取り囲むものはない。

——《見たい!!》

となる。

ひとつのことは次のことへと、鎖のように繋がるものです。人知を超えて、自然にそうなる。これもまた、その一例です。乱歩のパノラマ体験について触れましたが、それは山口さんの胸にまで響いていた。

朔太郎や乱歩は——といえば、実際のその体験を文章表現へと繋げていった。しかし、山口さんは画家です。——となれば、どうなったか。

朔太郎忌の話題としては、あまりに脇道に入り過ぎます。しかし、興味津々でしょう?

そう、うれしいことに、

——《だったら作ってしまおう》

となるわけです。本当。それを《作品》にする。

現実問題として《時間と場所の制約》がある。山口さんは、幅五メートルのところに、二百七十度くらいのパノラマ画を作りました。背景は地平線までびっしり並んだ兵士たち。その前に、描いたパネルのような人型《ひとがた》が、何人も立っている。

背景から全て、白地に墨で描かれ、《質感が統一され、自然な奥行きがでる……》《はずなのに!!　全然でないー》と、頭をかかえる画伯。

失敗か。

《ところが——偶然片目を閉じてみたら　実に奥行きを感じさせる》《みえる!　みえるじゃ

なーい!!》

で、その注意書きを貼って公開。《さて、作品の評判は悲しいくらいたたなくて、見終わった人は、「ふーん、それで？」と云った顔で出てくる》。

理解者が少なかったのか、あるいは共感を胸に秘めていたのか。

わたしは後から知りましたが、見たいと思いました。箱庭も、ジオラマも、心の中の同じ種から生まれるものでしょう。その種は、多くの人が持っている。

勿論、朔太郎も乱歩も、見たがったに違いない。そして、エッセイを残したことでしょう。

残念、読んでみたかったですね。

18

パノラマにかかわることが、もうひとつ。

わたしが冬、アーツ前橋を訪ねた頃、歌人の水原紫苑《みずはらしおん》さんが、何十年ぶりかというフランス訪問を語った本、『巴里うたものがたり』(春陽堂書店)が出ました。

その中ほどに、オランジュリー美術館が出て来ます。水原さんは、コンコルド駅で降り、道を尋ね、この《建物の向こうだと教え》られます。《ピカソとモディリアーニとマティスを見ると、ローランサンはいかにも儚い。セザンヌもあって、さすがの迫力だったが、私はセザンヌはどうも好きになれない》と歩を進め、そしてモネ。

三百六十度『睡蓮』である。壁に直に描かれたもので、左から右に向かって四季の風景になっている。まさに『睡蓮』宇宙である。ここにずっと囚われていたくなる。

美術番組などで、我々が目にすることのある有名な一室です。わたしは、ここを読んで、

——それがあった！

と、思いました。

メスダグのものも含め、ジオラマから背景へと続くいわゆるパノラマ館は、世界の模造を目指しています。これに対しモネのそれは、水原の言葉を借りれば、《円形の部屋の壁画に四季を表わすという発想は絵巻物のよう》なのです。

より詳しくいえば、幾つかの絵巻物が並んでいる。睡蓮の絵はぐるりと続いてはいない。部屋なので、幾つかの口で切られている。繋がった全体が、ある時の一点を示すものではない。

その意味では、これはパノラマとはいえないかも知れません。観る者は、幾つかの時に包まれる。モネが目指したのは世界の模造ではなく、そういう形での、世界の創造でした。

しかし、楕円形の広い部屋に、このような形で自分の『睡蓮』を配置し観る者を包むのは、パノラマ的展示とは、いえるでしょう。

このやり方に思い至った時のモネは、バルザックの脳裏に、小説の登場人物を繋げ、自作全体を壮大な作品とする、人物再出法が閃いた時のような、ときめきを覚えたのではないでしょ

うか。

オランジュリー美術館について、知ってはいましたが、冬に刊行された、『巴里うたものがたり』の中でまた出会うことにより、

――ああ……。

という、表現者と創造についての感慨がありました。

19

人であれ文章であれ、どういう時に再会するかは、まことに天の配剤というしかない。そういう意味で、驚くようなことが、実は前橋でのお話を終えて、家に帰ってから起こりました。

この文章を綴るわたしの周りには、いろいろな本が積み上げてあります。

読もう――という意志はある。しかし、どれをいつ手に取るかは分からない。とりあえず、積んである。そこに意味があります。

そのまま三年、四年――というのはざらです。半世紀前に買った岩波文庫の一冊を、この年になってようやく書庫から出して来て、開くこともあります。

『健さんのミステリアス・イベント体験記』（盛林堂ミステリアス文庫）も、刊行後半年経ち、前橋のトークも終わり、落ち着いたところで開きました。

著者は、松坂健《まつざかけん》さん。

わたしがワセダミステリクラブに入った時、一学年上にいたのが、後に評論家として活躍した瀬戸川猛資《せとがわたけし》さん。その瀬戸川さんと同学年で、慶應推理小説同好会にいらしたのが松坂さんです。お二人とも、今は天国からわたしたちを見守っていてくださいます。時の流れの速さに驚くばかりです。

松坂さんと親しく長くお話ししたことはほとんどなく、一番の思い出は学生時代のある大みそかのことです。

年の暮れとあって、うちにいても落ち着かない。当時、我々がどこに行くにも手放すことのなかった、萌黄色の表紙の『古書店地図帖』をバッグに入れ、東京に向かいました。浅草の古本屋さんの棚を見ていたら、

「あれっ？」

という声。眼鏡をかけた穏やかな顔。松坂さんでした。早稲田のわたしを、覚えていてくださったのです。

「こんな日まで、古本屋回ってるの!?」

呆れられましたが、言葉はそのままお返ししました。うちに帰ると、紅白歌合戦が始まっていました。

『健さんのミステリアス・イベント体験記』は、そういう松坂さんが、全国各地、いや海外も含めたイベントに赴いての体験を、生き生きと紹介する、得難い記録。それが書肆盛林堂の小野純一さんの手で四百ページを超える本となったものです。新保博久《しんぽひろひさ》さん、嵩平何《たかひらなに》さんを始め

とする多くの方のお力を得て、巻末にイベントの一覧、そして適切な注までついた一冊になっています。『日本推理作家協会会報』に連載されていたものですから、わたしも初出を見てはいる――はずなのですが、多くは忘却力により、新鮮な驚きを与えてくれます。

それを読み進めている時、担当さんからメールがありました。

前橋でお世話になった、安智史さんから、次のようなお知らせがあったそうです。

２０１６年に、前橋文学館で『パノラマ　ジオラマ　グロテスク　江戸川乱歩と萩原朔太郎』展がおこなわれ、私が監修を務め、図録を作成したことがありました。

この図録は「死なない蛸」掲載後の『新青年』編集部の渡辺温から朔太郎宛の書簡や、当時のパノラマ館の様子をしめす図版など、資料面でも、各項目の解説文も、乱歩と朔太郎の交流についてそれまでにないミニ事典を目指した自信作でした。

渡辺《わたなべ》温《おん》といえば、谷崎潤一郎への原稿依頼に行った帰り、事故にあい、亡くなったことで知られています。横溝正史編集長の片腕として働き、温ちゃんといわれていた人。江戸川乱歩は『探偵小説三十年』の中で、その死を惜しみ、《作家としての素質には深く敬意を表し（中略）愛読措かず、及びがたいものを感じていた》と語り、また自分名義の《名訳の評を耳にした》ポーの翻訳は彼の手になるものであったことを明かしています。

わたしにとっては、高校時代からその作品を読んでいる懐かしい作家です。

――渡辺温から、朔太郎宛の手紙！

どきどきしますね。《当時のパノラマ館の様子をしめす図版》というのも見逃せない。ところが、安さんの言葉は《残念ながら、前橋文学館では現在、品切れになっております》と続きました。

しかし、切歯扼腕することはない。何と、《確認したところ、この図録は埼玉県立久喜図書館でも所蔵しているようです》とのこと。それなら、わたしの守備範囲です。各地の図録の類いは、おそらくこういった形で、全国の県立図書館などでも読めるのでしょう。ありがたいことです。

明日にも行ってみようと思いつつ、とりあえず、読みかけの、松坂さんの本に戻りました。すると、そこに前橋文学館のパノラマ展について詳しく書いてあったのです。

びっくり。今、読んでいる本に、前橋文学館のパノラマ展について詳しく書いてあります。今、この時に、これを読むなんて不思議、不思議！

事実なのです。わたしは担当さんに、こんなメールをしていました。

今までにも、そういう出会いをいろいろと書いてきましたが、これは時間的に打てば響いた感じ。

本を読んでいると、こういうことは実によく起こります。本とは限らない。ある作家さんが、執筆するのにどうしても必要な情報が得られず行きづまり、気晴らしにテレビをつけたら、まさにそのことをやっていた。おかげで、原稿を進められたと言っていました。

松坂さんの本の場合、真ん中あたり、第61回のイベントが、何と《乱歩と朔太郎、交流をテーマにした異色の文学展》だったのです。


題して「パノラマ　ジオラマ　グロテスク」、サブタイトルが「変態だっていいじゃない」。なんでも、ここにつとめる学芸員の娘さんが発案したキャッチコピーとのことだが、公共の施設で「グロテスク」だの「変態」などと謳いあげること自体がきわめて異例。さすがに前衛演劇などで鍛え上げた館長さんならではの趣向といえるだろう。

その最終日を飾ったのが、朔太郎のお孫さんである館長と乱歩さんの孫、平井《ひらい》憲太《けんた》郎《ろう》さんのマゴマゴ公開対談だった。こちらも表題が「猟奇な二人の病気な話」とくるから、はなはだお役所的でなく、嬉しい限りだ。


松坂さんは、展示も《公共の施設としてぎりぎりの冒険をしている。こうしてみると、文学館で行われる展示会そのものも、「文学」になっていないといけないな、と思う》《片道2時間半、往復5時間かけて行った甲斐はあったというもの》と語っています。

前述の通り、わたしもこの文章をリアルタイムで見ているはずです。しかし、対談が行われたのは最終日。これは、終了した催しの紹介でした。

読んで前橋に向っても、まさにあとの祭り。

――そんなことがあったのか。

と思いはしたのでしょうが、それだけで、忘れていました。

20

その図録が、今、見られるのです。県立図書館に行って借りて来ました。

開いて、まず冒頭のカラー写真に唸りました。

乱歩の蔵を舞台に、幻影城の主と朔太郎の――いわば両雄会見の場面を、二人の孫、平井憲太郎と萩原朔美が、時を超え、再現しているのです。蔵に並ぶ本の山の前で、二人の服装はといえば《小山市協力（本場結城紬提供）》となっています。乱歩の回想に《萩原氏はその時濃紺の結城紬の羽織を着ていた》とあるから――なのですね。

アーツ前橋の写真展で見た再現への情熱が、ここにあります。この凝り方は、並大抵のものではありません。

熱さは無論、内容にもいえます。

渡辺温が書いた朔太郎への原稿依頼状の、子供っぽい文字や《お書き下さいませんでせうかしら》という文体は、いかにも温ちゃんらしいものです。

パノラマ館の図版は、浅草と上野のものがありました。上野のそれは、山口画伯が描いている通りでした。

　それらが見られる。

　細かいところでいえば、安さんは、『宝石』昭和三十三年十月号に載った座談会「狐狗狸《こっくり》の夕べ」中、乱歩のいった《「猫町」いいでしょう》に三島由紀夫が《あれ好きだな》と答えたところまで拾っています。

　わたしはかつて、この座談会での三島の発言、《ピエル・ロチにいわせれば、ギリシャになかったのは小説とタバコだけだって》――について書いたことがあります。

　これは、ロチではない。ピエール・ルイスの間違い。こういったことは、誰でもやる。三島のうっかりなのか、文字化する際、ロチしか知らない誰かが誤ったのかは分かりません。

　そこだけ覚えていて、細かいところは忘れていました。「猫町」に関する、一瞬のやり取りも、記憶にありませんでした。

　消えてしまいそうな火花を、拾い出していただけるのはありがたい。一事が万事です。真に丁寧に作られています。安さんが《自信作》というのも頷けます。

　カラーページには乱歩遺品の手品道具が色鮮やかに並び、その下に朔太郎遺品のトランプの画像があります。Ｂｅｅだけではない。栗原さんのその後の調査で、戦後のものと分かったバイスクルまで、この時点では置かれています。それが、逆に調べの進展を物語っています。

　安さんからは、続報があり、松坂さんが聞いた、朔美、憲太郎孫二人の対談は『前橋文学館報』に採録され、インターネット上で公開されている――ということでした。

第44号です。特集頁を開くと、《進行　安智史　手品解説　栗原飛宇馬》となっています。資料的な価値も大変に高く、何より、素晴らしく面白い。

公開されているものなので、詳しくは語りませんが、例えば導入のところでは、栗原さんが、乱歩遺品の手品道具のカタログについて《高等テクニックを教えますよ、というところに乱歩は印をつけていないんです》《練習無しですぐ演れます》《ここに、乱歩はたくさん丸をつけているんですね》。《これに対し、朔太郎はこのテクニックの方をずいぶんと練習しているんです》。

こういった分析が人物論、作家論に繋がり、まことに面白い。

中心となる、孫お二人の話は、実際に読んでいただくのが一番です。

個人的には、松坂さんがかつて耳にした対談を今、文字の形で追体験しているということに、深い感慨がありました。

番外的な、おそらく人が触れないような部分では、憲太郎さんの、

　廊下の奥の方に祖父の部屋がありまして、（中略）「静子《しずこ》、静子」と呼んでいるのを、子どもの頃ずいぶん聞いたことがあります。

というところが印象的です。

乱歩関係の本をずっと読んでいれば、子が隆太郎《りゅうたろう》、嫁が静子《しずこ》であることは分かります。昔、

それを知った時には、あっと驚きました。乱歩の代表作にして話題作が『陰獣』、そのヒロインが静子だからです。

だからどうということはありません。

しかしわたしは、嫁の名を聞いた時、乱歩の目の縁が、創作が現実に手を伸ばす、運命の不思議さに、ぴくりと揺れたような気がするのです。――まあ、現実には何とも思わなかったのでしょうが。

それは勝手な思いで、波頭があらぬ方へ砕けた一点のようなものです。

この対談は、深く、多くのことを語っている海でした。

21

朔太郎が、懐かしんだという「宮さん宮さん（トコトンヤレ節）」については、安さんから、オペラ『ミカド』に出て来ますね――というご指摘がありました。

『ミカド』は、自分の小説にもとりあげていたので、二十年ほど前、神保町三省堂の棚に『喜歌劇ミカド――十九世紀英国人がみた日本』ウィリアム・シュウェンク・ギルバート／小谷野《こやの》敦《あつし》訳（中央公論新社）を見た時、飛びついて買い、いちゃつきの罪で死刑――などという、喜歌劇らしさに喜びました。

というわけで、その中に「宮さん宮さん」が登場することは知っていました。より有名なところでは、プッチーニの『蝶々夫人』にも、この旋律が登場しますね。

そんなことを考えながら、新聞を開いたらテレビ欄に、刀を振りかぶった阪東妻三郎《ばんどうつまさぶろう》の姿と共に、《雄呂血《おろち》〈4Kデジタル修復版〉TV初放送》という、時代劇専門チャンネルの広告が出ていました。

——おお！

と、思いました。

日本映画史上、名高い作品。最近、河出文庫版が出た『完本 チャンバラ時代劇講座2』で橋本治《はしもとおさむ》が、こういっています。

戦前派の巨匠・伊藤大輔《いとうだいすけ》監督に〝私はあの映画を時代劇の悲愴美の極致と見ました〟と言わせた、大正十四年二川文太郎《ふたかわぶんたろう》監督・寿々喜多呂九平《すずきたろくへい》脚本・阪東妻三郎主演の『雄呂血』です。

朔太郎の「捕手」は、印象に残る一文でしたが、それを書いた時、彼の頭にあったのは、おそらく『雄呂血』でしょう。

捕方に囲まれ、悪人が捕まってめでたしめでたしは当たり前。しかし、『雄呂血』の若侍は悪いこともしていないのに、どんどん落ちて行く。投獄され、牢から出ても《又も踏み込む捕方の群れ》。脱獄して来たが、恋する娘は人妻になっている。《絶望に打ちひしがれる彼の前に現われるのは勿論、「御用！　御用！」の捕方の群れ》。そこを何とか逃れ、大悪人を斬ったが、また捕方に囲まれる。

とどのつまり、青年久利富平三郎《くりとみへいざぶろう》は捕えられ、逆光の夕日の中を首うなだれて獄舎へと連行されて行く。町の人は、「ああ、よかった」とホッとし、彼に助けられた娘夫婦だけが、町の片隅で彼に手を合わせる、というところでおしまい。

橋本は、今観ると《なんということがない》、しかし『雄呂血』の登場まで、こんな映画はなかったと語ります。

朔太郎の「捕手」は、昭和初期の文章を収めた『絶望の逃走』に入っています。念頭にあったのは、この映画と考えて、まず間違いないでしょう。

暗い映画館の中で、救いのない画面を見つめる朔太郎の顔が浮かびます。

ＴＶ初放送と書いてありましたが、わたしはこの有名な大立回りの場面を、日本映画史の番組で観ています。それで、記憶にあるわけです。

朔太郎のことを書いている時に『雄呂血』の広告を観るのも不思議な縁だなあ、と思いました。

22

萩原家の人々がネジを巻き、幼い朔太郎が聴いていた、精工舎の《宮さん時計》。今は、それの形代《かたしろ》のような、フランス製のものが前橋文学館に飾られているわけです。

そして、わたしは学芸員松井貴子さんが、これについて物語った時、ふと、精工舎のそれを、

「買おうかなあ……」

と、口にしたのを、確かに聞きました。買えるぐらいの値段だったのです。

どうなるかは分かりません。しかしわたしの想像の中には、前橋の地に《宮さん時計》が、再びやって来るところが浮かびます。

今は亡き朔太郎が不器用な手つきでそのネジを巻き、幼い葉子がそれに見入る。

誰もいない深夜、前橋文学館の一室に《宮さん宮さん》の調べが響き始める。

親子はそれに、じっと耳を傾けるのです。

初出

〈波〉二〇二二年七月号、八月号、十月号、十一月・十二月号
二〇二三年三月号、五月号、七月号、九月・十月号
二〇二四年一月・二月・三月号

北村薫

一九四九年埼玉県生まれ。早稲田大学ではミステリクラブに所属。八九年、「覆面作家」として『空飛ぶ馬』でデビュー。九一年『夜の蟬』で日本推理作家協会賞を受賞。小説に『秋の花』『六の宮の姫君』『朝霧』『太宰治の辞書』『スキップ』『ターン』『リセット』『盤上の敵』『ニッポン硬貨の謎』（本格ミステリ大賞評論・研究部門受賞）『月の砂漠をさばさばと』『ひとがた流し』『鷺と雪』（直木三十五賞受賞）『語り女たち』『1950年のバックトス』『ヴェネツィア便り』『いとま申して』三部作『飲めば都』『八月の六日間』『中野のお父さん』『遠い唇』『雪月花』『水　本の小説』（泉鏡花文学賞受賞）などがある。読書家として知られ、『謎物語』『ミステリは万華鏡』『読まずにはいられない　北村薫のエッセイ』『神様のお父さん――ユーカリの木の蔭で2』など評論やエッセイ、『名短篇、ここにあり』（宮部みゆきさんとともに選）などのアンソロジー、新潮選書『北村薫の創作表現講義』新潮新書『自分だけの一冊――北村薫のアンソロジー教室』など創作や編集についての著書もある。二〇一六年日本ミステリー文学大賞受賞、二〇一九年に作家生活三十周年記念愛蔵本『本と幸せ』（自作朗読ＣＤつき）を刊行。近著に『中野のお父さんと五つの謎』。

不思議《ふしぎ》な時計《とけい》　本《ほん》の小説《しょうせつ》

二〇二四年三月二五日　発行

著　者　北村《きたむら》　薫《かおる》
発行者　佐藤隆信
発行所　株式会社新潮社
東京都新宿区矢来町七一
郵便番号一六二―八七一一
電話　編集部(03)三二六六―五四一一
　　　読者係(03)三二六六―五一一一
https://www.shinchosha.co.jp

装　幀　新潮社装幀室
印刷所　大日本印刷株式会社
製本所　加藤製本株式会社

乱丁・落丁本は、ご面倒ですが小社読者係宛お送り下さい。送料小社負担にてお取替えいたします。
価格はカバーに表示してあります。

ISBN978-4-10-406617-9　C0093